WITHDRAWN

Del deber al deseo
CHARLENE SANDS

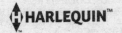

Editado por HARLEQUIN IBÉRICA, S.A.
Núñez de Balboa, 56
28001 Madrid

I.S.B.N.: 978-84-687-2430-0
Depósito legal: M-35520-2012
Editor responsable: Luis Pugni
Fotomecánica: M.T. Color & Diseño, S.L. Las Rozas (Madrid)
Impresión en Black print CPI (Barcelona)
Fecha impresion para Argentina: 1.7.13
Distribuidor exclusivo para España: LOGISTA
Distribuidor para México: CODIPLYRSA
Distribuidores para Argentina: interior, BERTRAN, S.A.C. Vélez
Sársfield, 1950. Cap. Fed./ Buenos Aires y Gran Buenos Aires,
VACCARO SÁNCHEZ y Cía, S.A.

Capítulo Uno

Tony Carlino estaba encaprichado con los coches, la velocidad y el peligro desde la infancia. Las colinas de Napa, origen de muchos merlot y pinot excelentes, ya se habían convertido en su campo de juegos cuando solo tenía seis años. Se subía a su monopatín, se lanzaba por los terraplenes a toda velocidad y, frecuentemente, terminaba de cabeza en la hierba.

Pero Tony no se rendía nunca cuando quería algo. No se dio por satisfecho hasta que dominó las pendientes con el monopatín, con la bicicleta y, por último, con la moto. Más tarde, se graduó en las carreras de coches de la NASCAR y se convirtió en un campeón.

Con el tiempo, dejó temporalmente las carreras y se encaprichó de otras cosas. Ya no estaba fascinado con los coches y la velocidad, sino con una clase de peligro muy diferente, que no tenía nada que ver con eso.

Rena Fairfield Montgomery.

Miró a la viuda de ojos azules desde el otro lado de la tumba donde se habían congregado varias docenas de personas. El viento del valle jugueteaba con su vestido solemnemente negro, le apartaba el pelo de la cara y mostraba su expresión de tristeza.

Rena le odiaba.

Por buenos motivos.

Además, Tony sabía que, cuando terminara la ceremonia, se vería obligado a internarse en un campo minado de emociones. Y no había nada que fuera más peligroso para él. Especialmente, cuando se trataba de Rena y de todo lo que representaba.

Giró la cabeza y observó las tierras y las viñas de los Carlino; las tierras y las viñas que habían alimentado a su familia durante generaciones, las que él había repudiado en cierta ocasión, las que habían pasado a ser responsabilidad suya y de sus hermanos desde el fallecimiento de su padre.

Volvió a mirar a Rena, que ya se había quedado sin lágrimas. Estaba junto al ataúd, de color bronce, mirándolo como si no pudiera creer lo sucedido; como si no pudiera creer que David, su amado esposo, hubiera muerto.

Tony se estremeció y tuvo que hacer un esfuerzo para contener sus propias lágrimas. David había sido su mejor amigo desde que jugaban juntos al monopatín. Habían sido uña y carne. Habían mantenido su amistad en todas las circunstancias y a pesar de la rivalidad que existía entre sus dos familias.

Incluso a pesar de Rena se había enamorado antes de Tony.

En ese momento, Rena extendió un brazo hacia el ramo de flores que estaba sobre el ataúd. Retiró la mano justo cuando las yemas de sus dedos acariciaban un pétalo. Y entonces, miró a Tony.

Al hombre que conocía su secreto. Al hombre que no lo revelaría nunca.

Él le devolvió la mirada y, durante unos segundos, la complicidad y el dolor por la pérdida de David los unió.

Rena parpadeó y se alejó del ataúd con piernas temblorosas, mientras todos miraban a la preciosa viuda que acababa de dar el último adiós a su esposo.

—Era un buen tipo —dijo Nick.

Tony miró a Nick y a Joe, sus hermanos pequeños, que se acababan de acercar a él.

—Sí, lo era —replicó, sin apartar la vista de Rena.

—Rena se ha quedado sola —comentó Joe—. Tendrá que trabajar mucho para mantener Purple Fields a flote.

Tony respiró hondo y pensó en su próximo movimiento. Rena y él habían sido rivales durante años, pero la bodega de la viuda se estaba hundiendo poco a poco y se encontraba al borde de la quiebra.

—No tendrá que hacerlo.

Joe se puso tenso.

—¿Es que tienes intención de comprarle el negocio? No lo venderá, hermanito. Es una mujer obstinada. Le han hecho muchas ofertas y las ha rechazado.

—Pero ninguna de esas ofertas será como la mía.

Joe miró a su hermano a los ojos.

—¿Le vas a ofrecer algo que no pueda rechazar?

—Algo así. Le voy a pedir que se case conmigo.

Rena se marchó sola en su coche, rechazando los ofrecimientos de amigos y de vecinos bienintencionados que la querían llevar a casa, sentarse a su lado y rememorar la vida de David Montgomery.

Ella nunca había entendido que la gente se reuniera después de un entierro y se dedicara a comer, a beber e incluso a reír, olvidando a veces el motivo del acto. Pero fuera como fuera, no le podía hacer eso a David, un buen hombre y un marido cariñoso que había muerto a una edad demasiado temprana. No podía celebrar una vida que se había interrumpido en plena juventud, con tantos años por delante.

Así que, cuando llegó el momento de dirigirse a las personas que se habían congregado en el cementerio, se limitó a decir unas palabras antes de subirse al coche y marcharse: «Espero que disculpéis. Necesito estar sola».

Circuló por las carreteras y estrechas calles de Napa, que conocía palmo a palmo porque había crecido y se había casado allí. Y lloró en silencio, derramando lágrimas que ya creía agotadas y que corrieron por sus mejillas.

Al llegar a la propiedad de los Carlino, una extensión de hectáreas y hectáreas de vibrantes viñedos, redujo la velocidad y detuvo el vehículo.

Sabía por qué estaba allí. Sabía por qué se había detenido precisamente ante la puerta de entrada. Rena culpaba a Tony Carlino por la muerte de David y deseaba gritarlo a los cuatro vientos.

Un deportivo de color plateado apareció momentos después y paró detrás de su coche. Al mirar por el retrovisor, Rena supo que había cometido un error grave. Tony bajó del deportivo y caminó hacia su ventanilla.

—Oh, no.

Rena apoyó la frente en el volante, que aferró con fuerza. Se mordió el labio y se tragó el deseo de gritar. No tenía fuerzas suficientes.

–¿Rena?

El rico y profundo tono de la voz de Tony atravesó la ventanilla. Tony había sido su amigo una vez; había sido lo más importante del mundo para ella. Pero las cosas habían cambiado tanto que ahora solo veía a un desconocido que no debería haber vuelto al valle.

–Estoy bien, Tony –dijo, levantando la cabeza del volante.

–No es cierto.

–Acabo de enterrar a mi esposo.

Tony abrió la portezuela.

–Habla conmigo.

Ella sacudió la cabeza.

–No. No puedo.

–Pero has venido aquí por una razón.

Rena cerró los ojos, intentando refrenar sus sentimientos, pero su mente no dejó de pensar en la muerte de David.

Salió del coche, presa de una ira renovada, y empezó a caminar por la estrecha carretera, flanqueada de árboles. A los pies de la colina, el valle se extendía entre vides y casas grandes y pequeñas, donde muchas familias trabajaban juntas, codo con codo, por conseguir una buena cosecha.

Le había prometido a David que sacaría adelante Purple Fields. Una promesa extraña para haberla formulado en su lecho de muerte; pero una promesa que, en todo caso, debía cumplir. Rena amaba Purple

Fields; había sido el legado de sus padres y ahora era su hogar, su refugio y su vida.

Caminaba tan deprisa que Tony tardó en alcanzarla.

–Maldita sea, Rena… David era mi amigo. Yo también lo quería.

Rena se detuvo y se giró hacia él.

–¿Que tú lo querías? ¿Cómo te atreves a decir eso? ¡Ha muerto por culpa tuya! –estalló al fin–. No deberías haber vuelto. David era feliz hasta que tú apareciste.

Tony apretó los labios.

–Yo no soy responsable de su muerte, Rena.

–David no se habría sentado al volante de ese coche de carreras si no hubieras vuelto a casa. Desde que volviste, no hacía otra cosa que hablar de ti. ¿Es que no lo entiendes? Tú representabas todo lo que David quería. Te fuiste de los viñedos. Te hiciste piloto. Ganabas carreras. Te convertiste en un campeón.

Tony sacudió la cabeza.

–Fue un accidente, Rena; solo un accidente.

–Un accidente que no se habría producido si te hubieras mantenido lejos –insistió.

–Sabes perfectamente que no podía. Mi padre falleció hace dos meses. Volví a casa para dirigir la empresa.

Rena clavó la mirada en sus ojos, con frialdad.

–Ah, claro, tu padre.

Santo Carlino, el padre de Tony, había sido un hombre capaz de hacer cualquier cosa por su imperio vinícola. Había intentado comprar todas las bodegas pequeñas del valle; y cuando sus dueños se negaban a vender, él encontraba la forma de arruinarlos. Purple Fields había sido la excepción, una espina clavada en el corazón de los Carlino. Los padres de Rena se habían resistido con uñas y dientes y se habían salido con la suya.

—No quiero hablar mal de los muertos —continuó ella—, pero…

—Ya sé que lo despreciabas —la interrumpió.

Rena se mordió la lengua.

—Márchate, Tony. Déjame en paz.

Tony sonrió.

—Lamento decirte que estoy en mis tierras.

Rena respiró hondo y se maldijo en silencio por haber ido a su propiedad. Como David habría dicho, había sido una decisión propia de una descerebrada.

Ya se dirigía de vuelta al coche cuando Tony la agarró del brazo.

—Deja que te ayude.

A ella se le hizo un nudo en la garganta. Al parecer, Tony no sabía lo que le estaba pidiendo; no sabía que jamás aceptaría su ayuda.

Lo miró una vez más y se llevó una sorpresa. Eran los mismos ojos oscuros de siempre, pero su mirada había cambiado. Ahora tenía un fondo de paciencia que jamás habría creído posible en Tony Carlino. Al fin y al cabo, no había ganado un campeonato nacional por su habilidad para esperar.

—No me toques, por favor.

Él miró el brazo de Rena y lo acarició con dulzura, subiendo y bajando la mano por su piel.

–Lo digo en serio, Rena. Me necesitas.

Rena se apartó de Tony y se alejó un poco.

–No, yo no te he necesitado nunca. Además, solo me ofreces tu ayuda porque te sientes culpable –dijo.

Tony le dedicó una mirada helada.

Ella se alegró.

No necesitaba ni su ayuda ni su lástima. Se las había arreglado doce años sin Tony Carlino y no necesitaba nada que le pudiera ofrecer.

Solo quería acurrucarse en su cama y soñar con el día en el que, por fin, tuviera a su hijo entre los brazos.

Tony cerró los libros de contabilidad de los Carlino, estiró las piernas y se frotó el hombro, que le dolía. Sus viejas lesiones de piloto de carreras tenían la extraña habilidad de hacer acto de presencia cada vez que se sentaba en el despacho de su difunto padre. Quizás fuera porque Santo se había opuesto a que se marchara de Napa. Pero puestos a elegir entre el negocio familiar y las carreras, eligió lo segundo.

Tony quería algo más que uvas, viñas y una preocupación constante por la vendimia y por el tiempo que iba a hacer. Santo se lo tomó tan mal que incluso se negó a hablar con él cuando se marchó. No en vano, era el mayor de sus tres hijos; el que algún día se haría cargo del negocio. Y al final resultó que ninguno de los tres se quedó en casa.

Pero desde entonces, habían pasado doce años.

Y muerto Santo, Tony no había tenido más remedio que volver.

El testamento de su padre estipulaba que, si los tres hermanos querían recibir la herencia que les correspondía, tenían que volver a las tierras de los Carlino, dirigir la empresa y ponerse de acuerdo para que uno de ellos asumiera el cargo de presidente en un plazo no superior a seis meses.

Tony sabía que el testamento de Santo no era más que un truco para manipularlos. Pero él no estaba allí por el dinero de la herencia. Él tenía dinero de sobra. Había vuelto para asistir al entierro de su padre y para recuperarse de las heridas que había sufrido meses atrás, al sufrir un accidente en la carrera de Bristol.

Como hermano mayor, le había correspondido la tarea de llamar a sus hermanos y pedirles que volvieran a casa. Joe, el cerebro de la familia, estaba viviendo en Nueva York, donde trabajaba en su última invención para la industria informática. En cuanto a Nick, el menor de los tres, se estaba ganando toda una reputación como seductor y como jugador en Europa.

Tony sonrió al pensar en Nick. Tenía una vitalidad desbordante, frente a la que habría palidecido el propio Santo Carlino en sus días de juventud. Pero, a pesar de su carácter, Tony no podía negar que Santo también había sido un marido leal y afectuoso. Muchos pensaban que Josephina le había soportado porque era una especie de santa. No podían estar más equivocados. En realidad, Santo habría hecho cualquier cosa por ella.

—Bueno, ¿cuándo es la boda?

Tony se giró hacia Joe, que acababa de entrar en el despacho.

–¿Cómo?

–¿No dijiste que te ibas a casar?

Tony apartó los libros de contabilidad y se recostó en el sillón.

–Para casarse, se necesita una novia.

–Sí, eso tengo entendido –dijo con humor–. Pero dime, ¿por qué has elegido a Rena? ¿Es por Purple Fields? ¿O por otra cosa?

Su hermano mayor suspiró.

–Quizás sea porque lo quiero todo.

–¿Lo quieres? ¿O lo deseas? –preguntó con malicia.

Tony entrecerró los ojos.

–No sigas por ese camino, Joe –le advirtió.

Joe se encogió de hombros.

–Es la primera vez que hablas de matrimonio. Y lo último que esperaba oír tras el entierro de David es que tienes intención de casarte con su viuda… Aunque se trate de Rena. Además, todos sabemos que no es precisamente tu mayor seguidora.

Tony soltó un bufido.

–No me digas –se burló.

–Aún no has contestado a mi pregunta. ¿Por qué te quieres casar con ella? –insistió–. ¿Estás enamorado?

Tony frunció el ceño a pesar de sus esfuerzos por mantenerse impasible. Había estado enamorado de Rena en su juventud, pero las carreras le gustaban aún más que ella y, al final, le había partido el corazón.

Ahora se le había presentado la oportunidad de pagar la deuda que había contraído con Rena y de honrar la promesa que le había hecho a David cuando su amigo se encontraba al borde de la muerte. David le imploró que cuidara de su esposa y del hijo que, según sospechaba, llevaba en su vientre.

Tony no tuvo más remedio que aceptar. No sabía si estaba preparado para casarse con ella y para cuidar de un niño que ni siquiera era suyo, pero lo haría de todas formas.

–No, no estoy enamorado… –Se levantó y miró a su hermano a los ojos, bajando la voz–. Es por otro motivo.

–¿Otro motivo?

–Le prometí a David que cuidaría de su bodega, de Rena y… del hijo que está esperando –le informó.

Joe se llevó una mano a las gafas y se las ajustó un poco mientras miraba a su hermano. Después, asintió y dijo:

–Comprendo. Y supongo que Rena no lo sabe.

–No.

–¿La ves con frecuencia?

–Me temo que no –contestó–. La he llamado varias veces desde el entierro, pero se niega a hablar conmigo.

–No me extraña.

–¿Cómo que no te extraña?

–Oh, vamos, Tony… ¿creías que estaría encantada de retomar vuestra relación donde la dejaste hace doce años? Le rompiste el corazón. La dejaste completamente destrozada –le recordó Joe–. Todos se alegraron mucho cuando se enamoró de David y salió del agujero. Discúlpame por lo que voy a decir, pero tu nombre quedó bastante maltrecho durante una temporada.

—Lo sé.

—Luego, empezaste a ganar carreras y la gente olvidó el dolor que le habías causado a Rena. Pero Rena no lo olvidó. Y ahora, por si eso fuera poco, su esposo ha fallecido. No es extraño que no quiera saber nada de ti. Lo ha pasado muy mal.

—En cualquier caso, tengo que mantener la promesa que le hice a David.

Joe sonrió.

—Respeto tu fuerza de voluntad, Tony. Aunque no imagino qué puedes hacer para seducir a una mujer que te…

—¿Que me odia?

—En efecto.

—Bueno, tengo un plan.

Joe sacudió la cabeza.

—Tú siempre tienes uno.

—Y ha llegado la hora de ponerlo en marcha.

Capítulo Dos

Rena miró el interior del armario entre las lágrimas que le cegaban los ojos. Habían pasado tres meses desde el entierro de David y la ropa de su esposo seguía estando al lado de la suya, en el mismo lugar.

Extendió un brazo y acarició su camisa preferida, de color azul pálido. Se recordó sentada junto al fuego, con la cabeza apoyada en el pecho de David, sobre esa misma camisa, mientras él le pasaba un brazo por encima de los hombros.

–¿Qué voy a hacer ahora, David? –se preguntó en voz alta.

Se había quedado viuda a los treinta y un años. Jamás habría imaginado algo así. Sobre todo cuando, unas semanas antes, había estado planeando el momento de decirle a su marido que se había quedado embarazada. Lo tenía todo pensado. Incluso había comprado tres camisetas para celebrar el acontecimiento: la primera, la de David, decía: «soy el padre»; la segunda, la suya, «soy la madre» y la tercera, la del niño, «soy el jefe».

Estaba tan contenta que ni siquiera había ido al médico después de hacerse la prueba de embarazo. Quería que David fuera el primero en saberlo.

Pero las cosas habían cambiado tanto que ahora estaba sola y en una situación extremadamente precaria. La única luz de su vida era el niño que llevaba en su vientre; un niño al que adoraba y al que había jurado proteger a toda costa.

Al cabo de unos minutos, cerró el armario. No se sentía con fuerzas para retirar la ropa de su difunto marido.

—No estoy preparada —susurró.

Poco después, la voz de su vieja amiga Solena Meléndez la sacó de sus pensamientos.

—¿Quieres que te ayude con las cosas de David?

Rena sonrió con tristeza. Desde el fallecimiento de David, Solena había adquirido la costumbre de pasar por la casa todas las mañanas, para asegurarse de que se encontraba bien.

—No, pero te lo agradezco.

Solena y Raymond Meléndez trabajaban en Purple Fields. Solena era la catadora oficial y Raymond se encargaba de supervisar los viñedos. Habían sido empleados leales de la empresa desde que Rena y David la heredaron, tras la muerte de sus padres.

—Todo lleva su tiempo, Rena.

Rena asintió.

—Lo sé.

—Y cuando llegue el momento, te ayudaré.

Rena volvió a sonreír y se secó las lágrimas.

—Gracias, Solena.

Se acercó a Solena y la abrazó. Su relación con Raymond y con ella había cambiado con el transcurso de los años; ya no los consideraba empleados, sino amigos.

Amigos cuyos salarios no podría pagar si no conseguía un crédito del banco.

—Hoy hemos recibido varios pedidos –le informó–. Me aseguraré de que lleguen a tiempo.

Rena asintió. Por suerte, Solena le recordaba todos los días que tenía un negocio que dirigir. Purple Fields era una bodega pequeña pero de gran reputación que se había mantenido por sí misma hasta que la crisis económica y la presión de las bodegas más grandes empezaron a hacer mella.

—Hoy tengo una reunión en el banco.

Rena no se hacía demasiadas ilusiones, pero debía intentarlo. Necesitaba el crédito para afrontar los gastos del mes corriente y del siguiente. David le había dejado la pequeña suma de su seguro de vida, pero era el dinero para pagar las facturas del médico y para abrir una cuenta a nombre de su hijo.

Un hijo del que nadie sabía nada. No se lo había dicho a ninguno de sus conocidos y amigos. Ni siquiera a Solena.

—Ojalá que tengas suerte…

—Ojalá.

Solena salió de la habitación y Rena entró en el cuarto de baño para arreglarse un poco. Sus ojeras eran tan evidentes que sabía que no las podría disimular con maquillaje, pero debía hacer un esfuerzo por dar buena imagen cuando se reuniera con el señor Zelinski, el gerente del banco. Los banqueros desconfiaban de la desesperación. Rena lo sabía y había preparado el encuentro con todo tipo de cifras y resultados, para demostrar que Purple Fields era rentable.

Ya estaba cruzando el comedor cuando llamaron a la puerta.

–¿Quién será? –se dijo.

Rena alcanzó el bolso y la carpeta con los datos financieros de la bodega antes de abrir. Era Tony Carlino.

–¿Tony? ¿Qué haces aquí?

Él le dedicó una sonrisa sombría.

–No respondes a mis llamadas.

–No respondo porque tengo una buena razón para no responder. No quiero hablar contigo –replicó.

–Puede que no, pero yo necesito hablar contigo.

Rena respiró hondo e intentó mantener la calma. El simple hecho de ver a Tony bastaba para que su mente se llenara de malos recuerdos. Pero había superado su decepción con él, había seguido adelante y no quería saber nada de su antiguo amor.

–¿Ah, sí? ¿Y de qué quieres hablar?

Tony miró el interior del edificio. No había estado en él en muchos años. Y por supuesto, Rena no lo invitó a entrar.

–De algo que no te puedo decir en la puerta de tu casa.

Ella miró la hora.

–Lo siento, pero estaba a punto de irme. No puedo hablar contigo.

–Entonces, cenemos juntos.

–¿Cenar? –Rena tuvo que hacer un esfuerzo sobrehumano para no arrugar la nariz–. No quiero cenar contigo.

Tony suspiró, desesperado.

–No recordaba que fueras tan difícil...

Rena pensó que no la recordaba tan difícil porque no lo era cuando conoció a Tony, a los dieciséis años. Se enamoró de él a primera vista, aunque lo mantuvo en secreto durante una temporada. Tony tenía una sonrisa que le iluminaba el corazón; y cuando le hacía reír, se sentía como si estuviera en el paraíso.

–Ya no me conoces, Tony. –Alzó la barbilla, orgullosa.– Si quieres hablar conmigo porque te sientes culpable por lo de David, estás perdiendo el tiempo.

Tony volvió a suspirar.

–No tengo motivos para sentirme culpable –afirmó–. Pero estoy aquí por David.

Rena volvió a mirar la hora. Aunque no quería llegar tarde, Tony le había despertado la curiosidad.

–¿Por David? ¿Qué pasa con él?

–Cena conmigo y te lo diré.

Atrapada entre su prisa y la curiosidad, Rena no tuvo más remedio que aceptar el ofrecimiento de Tony.

–De acuerdo.

–Pasaré a recogerte a las ocho.

–Muy bien. Pero ahora, tengo que marcharme.

Tony asintió y se fue. Rena soltó un suspiro de alivio.

No quería pensar en la cena que le esperaba aquella noche. No estaba dispuesta a hacer las paces con él. Aunque lo conocía lo suficiente como para saber que no aceptaría una negativa por respuesta.

Sin embargo, ahora debía concentrarse en el asunto del banco.

—Cada cosa en su momento –se dijo.

A fin de cuentas, tenía problemas más importantes que cenar con Tony Carlino.

Tony salió de Purple Fields y giró a la derecha, para tomar la carretera que llevaba a la propiedad de los Carlino. A ambos lados, en colinas y valles, se extendían los viñedos que cubrían la tierra con un manto verde.

Llevaba tres meses en Napa y aún se sentía desorientado e inseguro con el lugar que ocupaba. La muerte de su padre lo había obligado a asumir la responsabilidad de dirigir la empresa, aunque fuera con ayuda de Joe y de Nick.

Pero el momento no podía haber sido más adecuado. Tony había dejado huella en la NASCAR y había disfrutado cada segundo de su carrera como piloto, hasta que aquel accidente lo sacó de las pistas. Entonces, empezó a considerar la posibilidad de dejar las carreras. Y la muerte de Santo aceleró los acontecimientos.

Su vida había cambiado drásticamente y en muy poco tiempo. No sabía si estaba preparado para casarse y criar a un hijo que no era suyo, pero le había hecho una promesa a David y, por otra parte, Rena tenía razón en una cosa: si no hubiera vuelto a Napa, si no hubiera renovado su amistad con David, él no habría perdido la vida.

Al llegar a la propiedad de los Carlino, pulsó el mando a distancia y las puertas de hierro forjado se abrieron. Segundos más tarde, detuvo el coche delante del garaje y salió. Joe, que estaba en el vado, lo recibió con su sonrisa de siempre y le dio una palmada en la espalda.

–Cualquiera diría que has visto un fantasma…

Tony pensó que, en cierto modo, lo había visto. La trágica muerte de David se repetía una y otra vez en su memoria desde que había salido de Purple Fields.

La tarde del accidente fue gloriosa, con brisa y poco más de veinte grados de temperatura; una tarde de las que despertaban los deseos de vivir. Tony recordó que estaba pensando exactamente eso cuando David se estrelló. Y minutos después, se encontraba a su lado en la ambulancia que lo llevaba al hospital.

–Creo que Rena está embarazada –le había dicho David, haciendo un esfuerzo por hablar.

–Calla, no digas nada… Ahorra fuerzas, por favor.

David siguió hablando de todas formas, en voz tan baja que Tony se tenía que inclinar sobre él para entender lo que decía.

–Tony…

–Sí, no te preocupes, estoy contigo.

–No la dejes sola. Rena merece una buena vida. Prométeme que cuidarás de ella… y de nuestro hijo.

–Te lo prometo, David.

–Cásate con ella… –le rogó, aferrándose a su mano–. Prométeme que te casarás con ella.

Tony no lo dudó.

–Está bien. Lo haré.

David asintió y cerró los ojos.

–Y dile que la amo.

21

–Aguanta, David… Rena llegará al hospital dentro de poco. Se lo podrás decir tú mismo.

Cuando llegaron al hospital, Rena ya los estaba esperando. Tony los dejó a solas para que pudieran hablar, y David falleció poco después. Aún podía oír los sollozos de Rena. Jamás había visto a una mujer tan destrozada.

Sacudió la cabeza, miró a Joe y dijo:

–He estado con Rena.

Joe arrugó la nariz.

–Ah, eso explica tu mirada de desesperación… Y supongo que también habrás estado pensando en David, ¿verdad?

–Sí, no me lo quito de la cabeza. Yo soy el piloto de carreras, el que se arriesga; pero tuvo que ser él quien muriera en un accidente.

–Todos los días se producen accidentes, Tony. Además, tú no tienes la culpa de que se subiera a un coche; tú no lo animaste a competir.

–Ojalá Rena lo viera de esa forma… todo sería mucho más fácil.

–Bueno, ¿y qué tal te ha ido con ella?

Tony se encogió de hombros.

–Hemos quedado para cenar.

–Es un principio…

Tony se frotó la mandíbula.

–No sé qué decir, Joe. Rena es tan orgullosa como obstinada.

–Mujeres… –ironizó–. Ya he aprendido esa lección. No quiero más relaciones amorosas.

–Parece que Sheila te dejó una huella profunda…

Esta vez fue Joe quien se encogió de hombros.

–Ya lo he superado.

Por la actitud relajada de Joe, Tony supo que era sincero. Su impresionante secretaria neoyorquina había jugado con él y había utilizado sus encantos para arrastrarlo al matrimonio; pero luego encontró a una víctima con más dinero, abandonó a Joe y se casó con un hombre que le doblaba la edad.

–Bueno, te dejo –continuó Joe–, me voy a la oficina. Suerte con Rena esta noche.

–Gracias. Y por cierto, no se lo digas a nadie.

Tony no quería que la gente lo supiera. Algunas personas no entenderían que saliera a cenar con la viuda de su mejor amigo.

–Descuida, hermanito. Te guardaré el secreto.

Rena tenía las manos heladas cuando detuvo el coche y miró su casa, que había visto días mejores y pedía a gritos un tejado nuevo y una capa de pintura.

En los últimos tiempos, había descuidado el jardín y los edificios aledaños a la casa; pero los viñedos que se veían al fondo, cuyas uvas eran el pilar del legado que había recibido, estaban en las mejores tierras de la zona. Sus vinos merlot y cabernet habían ganado muchos premios por la combinación de buen tiempo, buena tierra y minerales. Los viñedos no la dejaban nunca en la estacada.

–Esas viñas son lo único que tengo… –se dijo con voz temblorosa–. ¿Qué voy a hacer?

La reunión con el señor Zelinski no había dado los

resultados que esperaba. David se había endeudado en exceso para mantener la empresa a flote, aunque Rena tuvo que presionar al gerente del banco para que le dijera la cruda verdad. A fin de cuentas, los Fairfield y los Montgomery llevaban mucho tiempo en Napa y eran amigos del gerente del banco. Zelinski simpatizaba con ella y no quería verla en esa situación.

Pero, en cualquier caso, sus esperanzas se habían ido al garete. Además de no poder acceder a un crédito, tendría que pagar el que David había pedido para mantener la empresa; lo que, en otras palabras, significaba que iba a necesitar mucho más dinero del que había supuesto al principio.

Los ojos se le llenaron de lágrimas. Al otro lado del vado, ya entre las vides, Raymond se dedicaba a comprobar las hojas de las plantas para asegurarse de que estaban sanas. Rena sabía lo que tenía que hacer, pero lo odiaba con todo su corazón. En esas circunstancias, no le quedaba más opción que despedir a Raymond y a Solena.

Desesperada, salió del coche y corrió hacia la casa, llorando. Su mundo se derrumbaba a toda prisa. Acababa de perder a su esposo y ahora también iba a perder a sus viejos y buenos amigos.

Pero no podía hacer nada; ni podía esperar que Raymond y Solena se quedaran con ella sin cobrar un céntimo. Afortunadamente, sabían tanto de vinos y eran tan eficaces y trabajadores que estaba segura de que encontrarían otro empleo con rapidez.

Cerró la puerta, se encerró en su dormitorio y se secó las lágrimas. A continuación, dejó la carpeta y el bolso a un lado, se quitó los zapatos y se tumbó en la cama, donde estuvo un buen rato mirando al techo.

Repasó las opciones que tenía. Se preguntó a quién podía acudir en busca de ayuda y qué podía hacer para salvar la bodega. Y por fin, después de media hora de pensamientos tortuosos, llegó a la única conclusión posible.

Tendría que vender Purple Fields.

Capítulo Tres

Tony no estaba seguro de que llevar un ramo de flores a Rena fuera lo más adecuado. Sabía que los tulipanes le encantaban y sabía que le gustaban especialmente los de color rojo; más de una vez, en la adolescencia, le había confesado que los encontraba tan brillantes y alegres que siempre le arrancaban una sonrisa. Pero esta vez no le arrancarían ninguna sonrisa. Él no podía hacer nada por animarla. Salvo, tal vez, desaparecer.

Al final, llamó a la puerta de la casa con las manos vacías. Solo esperaba que no hubiera cambiado de opinión sobre la cena.

Al fin y al cabo, la había tenido que presionar para que cenara con él. No le había dejado otra opción. Había esperado un tiempo prudencial para acercarse a ella y darle tiempo para que se recuperara de la pérdida de David. Pero con un negocio al borde de la quiebra y un niño en su vientre, Rena no podía esperar; tenía un problema muy grave y él, la promesa que le había hecho a su difunto esposo.

Por segunda vez en el mismo día, entró en Purple Fields. Esta vez, aparcó el deportivo delante del edificio donde se hacían las catas, una construcción cuya tienda atraía a los turistas durante las últimas semanas de primavera y los meses de verano, cuando el tiempo era cálido y el aroma de las uvas impregnaba el ambiente. Rena había trabajado allí en la adolescencia, sirviendo queso y bocadillos a los clientes.

Tony se pasó una mano por la cara y se preparó para afrontar la ira de Rena. Era consciente de que no aceptaría sus términos sin plantar batalla.

Salió del coche, caminó hasta la entrada de la casa y llamó con la aldaba de metal. Llamó tres veces y esperó. Como no le abrieron, volvió a llamar con más fuerza.

–¡Rena!

Tony echó un vistazo a las tierras circundantes, pero no estaba allí. Y cuando ya se disponía a llamar otra vez, observó que la puerta estaba abierta.

Rena la había dejado sin cerrar.

Él se alarmó. Siempre había sido una mujer cauta y, ahora que vivía sola, tenía más motivos para ser precavida.

Preocupado, entró en la casa y avanzó hacia el salón. Todo estaba a oscuras.

–¿Rena?

Siguió por el pasillo, abriendo todas las habitaciones, hasta que llegó a la última. Rena yacía dormida en una cama, a la luz de la luna.

Tony se estremeció al contemplar su cabello, que caía suavemente sobre la almohada. Llevaba el mismo vestido que le había visto horas antes, una prenda austera que, sin embargo, no alcanzaba a disimular la curva de sus senos y la de sus caderas.

Mientras la observaba, pensó que había estado

enamorado de aquella mujer y que ella le había regalado su virginidad a los dieciocho años. Aún recordaba sus gritos de placer. Se había entregado sin reservas, pero él le había fallado porque en su vida había otra pasión, las carreras, que llevaba en la sangre desde que era un niño. Necesitaba la velocidad, el peligro, el viento en la cara, la sensación de libertad.

Pero Tony no estaba allí para rememorar el pasado, sino para dejarlo atrás y afrontar el futuro. Rena se había quedado viuda y el dolor por la muerte de David estaba grabado en su hermosa cara, incluso dormida.

Quiso salir del dormitorio y cerrar la puerta con suavidad, para no despertarla; pero no pudo apartar la vista de ella. Se quedó en el umbral, contemplándola, hasta que ella se estiró unos momentos después. Entonces, él clavó la mirada en sus piernas y se excitó sin poder evitarlo; las había acariciado muchas veces, durante largas noches de amor.

Rena abrió los ojos de repente. Al ver a Tony, soltó un grito ahogado, se sentó en la cama y lo miró con enfado.

–¿Qué estás haciendo aquí?

–Habíamos quedado para cenar…

–¿Para cenar?

Rena se quedó momentáneamente confundida, pero su enfado regresó al instante.

–¿Cómo has entrado en mi casa?

–La puerta estaba abierta. Y no es una buena costumbre, Rena… podría haber entrado cualquiera.

–Y ha entrado cualquiera –contraatacó.

Tony hizo caso omiso de su comentario. Rena puso los pies en el suelo y se frotó la frente con las dos manos.

–Supongo que me he quedado dormida. ¿Qué hora es?

–Las ocho y cuarto.

Ella lo miró.

–¿Has estado aquí todo el tiempo?

–No, acabo de llegar.

–No sé lo que me ha pasado… estaba agotada –se disculpó.

A Tony no le extrañó demasiado. Tenía muchos problemas y, por si eso fuera poco, estaba embarazada.

–Bueno, es comprensible. Este mes ha sido muy duro para ti.

–No puedes ni imaginar lo duro que ha sido –replicó.

–¿Cuánto tiempo necesitas?

Ella frunció el ceño.

–¿A qué te refieres?

–A cuánto tiempo tardarás en arreglarte para salir a cenar.

–Ah, eso… no, esta noche no quiero ir a ningún sitio –Rena se llevó las manos al estómago–. No me encuentro bien.

–Te encontrarás mejor cuando comas. ¿Cuánto tiempo ha pasado desde la última vez que comiste algo?

–Me tomé una ensalada al mediodía.

–¿Al mediodía? Rena, tienes que comer bien.

Ella abrió la boca para decir algo, pero la cerró.

—Te espero en el salón —continuó él.

Tony salió de la habitación sin darle ocasión de protestar. Y mientras se alejaba, pensó que esa situación se iba a repetir más veces antes de que acabara la noche.

Rena se levantó lentamente, recordando los sucesos del día.

Primero, Tony se había presentado en la casa para hablar y la había presionado para que cenara con él. Luego, había estado en el banco y el señor Zelinksi había destrozado sus esperanzas con toda amabilidad; no le podía conceder un crédito, lo cual implicaba que ella no podría pagar a sus empleados y que Purple Fields estaba condenada al cierre.

El corazón empezó a latirle más deprisa. Estaba al borde del desmayo. Y aunque no tenía hambre, debía admitir que necesitaba comer; si no por ella, al menos por el bien del niño. No se podía permitir el lujo de caer en una depresión.

Entró en el cuarto de baño, se miró en el espejo, se lavó un poco, se cepilló el cabello y se maquilló lo justo para tener un aspecto admisible. Después, se quitó la ropa y se puso unos pantalones negros, unos zapatos oscuros y un jersey de color beis que era elegante y cómodo a la vez.

Cuando entró en el salón, Tony estaba leyendo una revista. La dejó a un lado, se levantó y la miró a los ojos.

—Tienes mejor aspecto.

Ella no dijo nada, pero notó su mirada de preocupación y se preguntó a qué se debería.

—¿Nos vamos? —preguntó él.

—¿Adónde me llevas?

Tony comprendió lo que quería decir.

—Descuida, Rena. Nadie te verá conmigo.

—¿Ah, no? ¿Cómo es posible? —preguntó con escepticismo.

—Recuerda que los Carlino somos propietarios de la mitad del restaurante de Alberto. Esta noche está cerrado al público.

—¿Insinúas que lo habéis cerrado por mí?

—No lo insinúo, lo afirmo —contestó—. Necesitaba hablar contigo y sabía que no aceptarías si alguien nos podía ver.

Rena casi había olvidado que los Carlino tenían inversiones en otros negocios. Además de la bodega, poseían varias líneas de productos relacionados con el vino y unos cuantos restaurantes de la zona.

—Esto no es una cita, Tony. Que quede claro.

Tony asintió.

—Está claro.

Rena pasó ante él y esperó a que él saliera de la casa antes de cerrar la puerta. Cuando llegó al deportivo, abrió la portezuela y se puso el cinturón de seguridad.

Él se sentó al volante unos segundos después.

—¿Preparada? Hace una noche preciosa... ¿te importa si bajo la capota del coche?

—No, en absoluto. Necesito que me dé el aire.

Tony pulsó el botón de la capota y arrancó en cuanto estuvo bajada. Condujo por las calles de Napa a una velocidad sorprendentemente baja, como si estuvieran dando un paseo dominical. De vez en cuando, giraba la cabeza y miraba a Rena.

Ella no podía negar que se estaba comportando de un modo extremadamente cortés. Como no podía negar que lo encontraba devastadoramente atractivo. Tony le había gustado desde que se conocieron en el instituto, cuando ella tenía dieciséis años. Hasta entonces, los Carlino habían estudiado en un colegio privado de Napa; pero Tony odiaba la disciplina y el conservadurismo de aquella institución y se había empeñado en ir a un colegio público.

Desde entonces, fueron amigos. Y su amistad creció poco a poco hasta que, dos años más tarde, empezaron a salir.

A pesar de que los Carlino eran ricos. A pesar de que su padre y Santo eran enemigos declarados. A pesar de que Rena nunca había creído de verdad que su relación con Tony pudiera ser duradera.

—¿Te importa que ponga música?

—Prefiero un poco de silencio.

—Como quieras.

Al cabo de unos minutos, Tony detuvo el deportivo en la parte trasera del aparcamiento del restaurante.

—Esto es nuevo para mí —dijo él—. No suelo entrar por la puerta trasera de los locales… ¿Tienes hambre?

—Sí, bastante.

—Me alegro, porque la cena nos estará esperando.

Tony salió del coche y le abrió la portezuela cuando ella todavía se estaba quitando el cinturón de seguridad. A continuación, le ofreció una mano para ayudarla a salir; el deportivo era tan bajo que Rena la aceptó para no quedar como una patosa al intentar ponerse en pie.

El contacto de su piel fue más turbador de lo que había imaginado. Lo fue tanto que tuvo que hacer un esfuerzo para no retirar la mano al instante y traicionar sus emociones. Cuando ya estuvo de pie, se apartó, le dio las gracias y lo siguió al interior del local.

–Por aquí…

Tony la llevó a un apartado en cuya mesa prendía una vela. El establecimiento estaba completamente vacío. Ella se sentó en un lado y él, al otro.

Rena había estado pocas veces en el restaurante de Alberto, pero siempre que iba, se sentía como si estuviera en las calles de la Toscana, entre las fuentes y los edificios antiguos del viejo continente. Era uno de los mejores restaurantes del condado.

–Le he pedido al chef que preparara una selección de platos distintos. No sabía lo que querrías cenar.

–¿Ya has olvidado que adoro la pizza de pepperoni?

Tony sonrió.

–No, no lo he olvidado. Pero dudo que la pizza de pepperoni esté en el menú. Anda, vamos a la cocina, a ver qué nos ha dejado el chef…

Al entrar en la cocina, Tony destapó una de las tapas de los platos que el chef les había preparado.

–Ah, escalopines de ternera… y aún están calientes.

Rena los miró con interés y Tony levantó otra tapa.

–Langostinos a la plancha…

–Hum. Huele muy bien…

Tony levantó el resto de las tapas y descubrió un buen filete, que olía maravillosamente; una ensalada de aguacate, mandarina y nueces; y unos ravioli de espinacas.

–Los ravioli tienen buen aspecto. Y la ensalada –dijo ella.

Tony optó por el filete.

–Excelente. Lleva la ensalada y comeremos en cuanto encuentre una botella de vino.

–No, yo no quiero vino… –Rena sacudió la cabeza–. Prefiero agua.

–Bueno, envenénate con lo que quieras –declaró con humor.

Tony llevó los ravioli y el filete a la mesa, se marchó en busca de una botella y volvió minutos después.

Ya se disponían a cenar cuando ella protestó.

–Deja de mirarme, Tony.

–No puedo evitarlo. Eres la mujer más guapa del lugar.

Rena cerró los ojos un momento.

–No sigas, Tony.

–Me he limitado a constatar un hecho evidente… –se defendió.

Ella decidió ir al grano.

–¿Por qué estamos aquí, Tony? ¿Qué era tan importante como para que no me lo pudieras decir en la entrada de mi casa?

–Te lo diré luego. Después de cenar.

Rena echó un trago de agua.

–¿Por qué?

–Porque quiero que disfrutes de la comida.

Ella frunció el ceño.

–¿Tienes miedo de que se me quite el apetito?

Tony respiró hondo y suspiró.

–No. Simplemente, pareces agotada y necesitas comer.

–¿A qué viene esa preocupación repentina por mi bienestar?

–No es repentina, Rena. Siempre me he preocupado por ti.

–Eso no es cierto. ¿Quieres que te recuerde lo que pasó entre nosotros?

Tony sacudió la cabeza.

–¿No podrías olvidar, durante unos minutos, quién soy yo y quién eres tú? ¿No podríamos olvidar el pasado y limitarnos a disfrutar de una buena cena?

Rena lo miró y asintió.

–Está bien. Comamos antes de que los ravioli se queden fríos.

–Buena chica…

Rena le lanzó una mirada llena de ira.

Él alzó las manos en gesto de rendición.

–Lo siento.

Tras disculparse, Tony empezó a comer y probó el vino. En cuestión de unos minutos, se bebió dos copas.

***

Cuando terminaron de cenar, Tony retiró los platos y se negó a aceptar la ayuda de Rena. Necesitaba estar a solas unos minutos; debía encontrar la forma de pedir matrimonio a la viuda de su mejor amigo sin que la oferta sonara cruel e insensible. Pero solo había una forma. Decir la verdad.

La situación no podía ser más irónica. Rena Fairfield era la única mujer con quien se había planteado la posibilidad de casarse. Lo habían hablado muchas veces cuando eran jóvenes, pero la madre de Rena se puso enferma y a él se le presentó la oportunidad de pilotar coches de carreras. Al final, él se marchó y la dejó al cuidado de su madre y ayudando a su padre en la dirección de Purple Fields.

Tony le rogó que se fuera con él, pero ella dijo que no podía, que tenía obligaciones familiares y que, además, adoraba el vino y Purple Fields. Estaba hecha para vivir en Napa, igual que él lo estaba para ser piloto.

Y sabía que le había hecho daño; que había estado a punto de destruirla.

Cada vez que la llamaba desde algún circuito, Rena se mostraba más distante que la vez anterior; hasta que un día le pidió que no la llamara más. Dos años después, se casó con David. Ni siquiera lo invitaron a la boda.

Tony alcanzó una bandeja con tiramisú, helado de *spumoni* y rollitos de canela bañados en chocolate. Cuando volvió a la mesa, Rena le lanzó una mirada tan cargada de escepticismo que él dijo:

–¿Te sorprende? A pesar de lo que puedas creer,

yo no fui un niño mimado. De niño, tenía que ayudar en las tareas de la casa. Mi padre era tajante al respecto.

–Y yo que pensaba que estabas acostumbrado a que te sirvieran… –ironizó.

–Y ahora lo estoy. No lo voy a negar. Las cosas me han ido bien. Soy rico y me puedo permitir el lujo de…

–¿Cerrar un restaurante para cenar a solas con otra persona?

–Sí, entre otras cosas.

–Supongo que debería sentirme honrada por tenerte como camarero. Debes de tener un buen motivo para tomarte tantas molestias.

–Lo tengo.

Tony alcanzó el helado y se lo puso delante.

–El helado te encantaba. Pruébalo –continuó.

Rena no lo dudó. Alcanzó una cucharilla y probó el helado, que compartió con él. Tras llevarse tres cucharillas a la boca, dijo:

–Muy bien, Tony, ya he cenado contigo. ¿Vas a decirme de una vez de qué querías que habláramos?

–Rena, sé que me odias.

Ella apartó la mirada.

–Bueno, yo no diría tanto.

–Entonces, ¿no me odias? –declaró con un destello de esperanza.

Rena lo volvió a mirar a los ojos.

–Yo no he dicho eso.

Tony ni siquiera parpadeó. Simplemente, se preparó para lo que tenía que decir.

–¿David te contó algo antes de morir?

–Eso no es asunto tuyo.

–No, supongo que no –admitió–. Pero necesito decirte lo que me pidió a mí. Necesito que conozcas las palabras que me dirigió en la ambulancia.

Los ojos de Rena se humedecieron y Tony sintió una punzada en el corazón. Nunca había soportado sus lágrimas. Cuando ella lloraba, él se hundía. Pero afortunadamente, Rena sacó fuerzas de flaqueza y se contuvo.

–Muy bien. ¿Qué te dijo?

Tony habló con suavidad, al borde de que se le quebrara la voz.

–Me dijo que te amaba. Y que merecías una buena vida.

–Era un hombre maravilloso.

–Sus últimos pensamientos fueron para ti...

Rena derramó una lágrima solitaria.

–Gracias, Tony. Necesitaba saberlo.

–No he terminado todavía. Hay más.

Ella se recostó en la silla y se cruzó de brazos.

–Está bien, te escucho.

–Me pidió que cuidara de ti, que te protegiera. Y voy a cumplir la promesa que le hice, Rena. Quiero casarme contigo.

Capítulo Cuatro

Si Tony hubiera dicho que pensaba viajar a la Luna montado en una escoba, a Rena no le habría parecido más ridículo.

Se quedó boquiabierta y no fue capaz de pronunciar una sola palabra.

Se había emocionado al saber que los últimos pensamientos y preocupaciones de su difunto esposo habían sido para ella; pero también estaba indignada. Le parecía increíble que David le hubiera pedido que la protegiera y que se casaran. David debía de saber que no confiaba en él. Debía de saberlo.

–¿Estás hablando en serio? –preguntó al recuperar el habla.

–Completamente.

–Es ridículo.

–Quizás. Pero también es el último deseo de David.

–¿Te pidió que te casaras conmigo?

Tony asintió.

–Se lo prometí, Rena.

Ella sacudió la cabeza con todas sus fuerzas.

–No, no, no, no, no… –repitió.

Tony mantuvo la mirada en sus ojos.

–Dime lo que te dijo. Sus últimas palabras.

–Dijo que me amaba y que mantuviera Purple

Fields a flote… –declaró con voz rota–. Dijo que sabía lo mucho que significaba para mí.

–¿Y se lo prometiste?

–Sí, pero…

Rena dejó la frase sin terminar. Se había acordado de la conversación que había mantenido con Zelinski. Todo estaba perdido. No tenía más remedio que vender el legado de su familia, Purple Fields, lo que más amaba.

–No me puedo quedar con la bodega –siguió hablando–. He decidido vender.

Tony se recostó en la silla y le concedió unos segundos de silencio para que tuviera tiempo de recomponerse.

–Tú no quieres vender Purple Fields –dijo.

–Claro que no.

–Si nos casáramos, Purple Fields se salvaría y ya no tendrías que preocuparte por los problemas económicos. Me aseguraría de ello.

Ella se mantuvo cabizbaja. No quería admitir que casarse con Tony resolvería sus problemas y que, además, serviría para mantener la promesa que le había hecho a David.

No se podía casar con él.

Tony la había abandonado cuando más lo necesitaba.

Le había hecho tanto daño que no se había recuperado hasta que conoció a David, un hombre tan especial como bueno. Además, su muerte estaba demasiado cercana como para considerar la posibilidad de casarse con otro; sobre todo, con Tony.

Él se inclinó hacia delante y le acarició la mano.

—Piénsalo, Rena. Piensa en las promesas que los dos le hicimos.

Veinte minutos después, cuando volvieron al coche, Rena seguía pensando en ello. Quería salvar Purple Fields y conseguir que volviera a ser una empresa rentable; pero el precio era demasiado alto.

Al llegar a la casa de Rena, Tony la acompañó a la entrada. Ella metió la llave en la cerradura y se giró para mirarlo.

—Buenas noches, Tony.

Él bajó la mirada y la clavó en su boca. Durante unos instantes, Rena tuvo la sensación de que volvía a ser la chica enamorada que escuchaba sus palabras con veneración. Se acordó de lo bien que se llevaban en la cama, de la pasión que compartían, de la alegría de hacer el amor con él.

Entonces, Tony bajó la cabeza. Rena pensó que la iba a besar en los labios y esperó el momento del contacto; pero solo le dio un beso en la mejilla.

—Vendré a verte mañana, Rena.

Ella entró en la casa, cerró la puerta y se pasó una mano por la mejilla que Tony acababa de besar. Luego, cerró los ojos y buscó una solución para su dilema.

Una solución que no pasara por casarse con Tony Carlino.

***

A las doce de la mañana del día siguiente, Tony llamó a la puerta de Rena. Como no abrió, se dirigió a la tienda del edificio contiguo y se asomó por la ventana. Solena Meléndez le saludó con la mano y le invitó a entrar.

–Buenos días…

–Hola, Solena.

Tony la había conocido en el entierro de David, pero sabía que era una buena amiga de Rena. Algo mayor que su jefa, vivía en una zona residencial de Napa con su esposo, Raymond, que también trabajaba en Purple Fields.

Un simple vistazo a su alrededor bastó para comprobar que Solena mantenía la tienda inmaculada. No había ni una sola mota de polvo. Y los estantes estaban llenos de mercancías para vender.

–Estoy buscando a Rena. ¿Sabes dónde está?

–Estoy aquí…

La voz de Rena llegó desde el cuarto trasero, de donde estaba sacando unas cajas de botellas de vino. Tony sintió la necesidad inmediata de acercarse para echarle una mano, pero se refrenó; siempre había sido una mujer orgullosa.

Rena dejó una caja en el mostrador y sonrió a Solena.

–Vuelvo en seguida. ¿Me acompañas, Tony?

Rena salió de la tienda y se internó en los viñedos. Cuando estuvo segura de que nadie les podía oír, se giró hacia Tony y le lanzó una mirada intensa.

–¿Piensas presentarte en mi casa cuando te venga en gana?

Tony sonrió.

—¿Estás enfadada porque no he llamado para pedir cita?

—No. Bueno, sí —respondió, frunciendo el ceño—. Estoy ocupada, Tony. No quiero más compañía que la de los clientes que estén dispuestos a comprar algo.

—Trabajas demasiado y no tienes empleados suficientes, Rena.

Rena alzó los ojos al cielo.

—He estado haciendo esto desde que nací, Tony —le recordó—. Sí, trabajo mucho, pero no me importa... Y ahora, ¿se puede saber por qué has venido?

—Te dije que pasaría a verte.

—¿A verme? A espiarme, más bien.

—Si lo quieres ver de esa forma...

Rena lo miró con disgusto.

—Sé arreglármelas sola. Y odio que David te hiciera prometer que cuidarías de mí.

—Lo sé, pero una promesa es una promesa.

—Y tú no rompes tus promesas, ¿verdad? —declaró con sarcasmo—. Salvo que sean promesas a jovencitas enamoradas... entonces, no tienes problema alguno.

Rena se dio la vuelta y se alejó, pero Tony no podía permitir que su encuentro terminara de esa forma. La alcanzó, la agarró del brazo y la obligó a mirarlo.

—Yo te amaba, Rena. No te equivoques. Me he disculpado mil veces por haberme ido, pero sabes de sobra que no me podía quedar aquí y que tú no podías venir conmigo. No estábamos destinados para terminar juntos. No entonces.

Ella apartó el brazo y alzó la barbilla, orgullosa.

–Ni entonces ni nunca, Tony. Márchate de una vez.

–No me voy a ir a ninguna parte. No hasta que me haya expresado con suficiente claridad. Mi oferta de matrimonio es una propuesta de negocios, Rena. Si dejaras tu ira a un lado, te darías cuenta. Te ofrezco la posibilidad de salvar Purple Fields.

Rena se mantuvo en silencio.

–¿Cuánto tiempo pasará antes de que te veas obligada a despedir a Solena y a su marido? ¿Cuánto tiempo antes de que tengas que vender la bodega? –preguntó–. Y tú no quieres vender. Purple Fields es tu vida. Adoras tu trabajo.

A Rena se le empañaron los ojos.

–No digas más, Tony. Por favor.

–Me limito a decir la verdad. Sabes perfectamente que casarte conmigo es la única solución –declaró.

Rena lo miró a los ojos.

–Ha pasado muy poco tiempo desde la muerte de David… y por si eso fuera poco, no estoy enamorada de ti.

–Ni yo de ti –dijo él con suavidad, para no herirla–. Aunque nunca, en ningún momento de estos años, he pensado en casarme con otra.

Tony le puso las manos en la cintura a Rena y la atrajo hacia él. Luego, bajó la cabeza y la besó con suavidad en los labios. Y como ella no se apartó ni se resistió, profundizó el beso y saboreó la exquisita dulzura de su boca, toda la belleza y la sensualidad de la mujer en la que se había convertido.

Momentos después, rompió el contacto y contempló sus ojos azules.

–Puede que ya no estemos enamorados, pero tenemos toda una historia de amistad.

–Yo no soy amiga tuya.

–David quería que nos casáramos.

–¡No! ¡Nunca! –Rena se limpió la boca con la mano, como si así pudiera borrar su pasado común–. No me voy a casar contigo. Me da igual lo que le prometieras a David. Todavía te culpo de su muerte y… y…

–¿Y qué, Rena? Ese beso me ha demostrado que aún hay algo entre nosotros. Puedes salvar la bodega y cumplir el último deseo de David.

–Tú no lo entiendes… tu familia se enorgullece de su sangre. Es algo típicamente italiano. Todo tiene que ser puro, desde el vino que destiláis hasta los niños que traéis a este mundo. Y yo estoy embarazada de David, Tony. Si me casara contigo, te verías obligado a criar a un hijo de otro hombre.

Tony no parpadeó, no movió ni un músculo. Y Rena se llevó una sorpresa. Esperaba que cambiara de opinión y retirara su oferta matrimonial al saber de su embarazo; pero era evidente que ya le habían informado al respecto.

–¿Cómo es posible que lo sepas? ¿Quién te lo ha dicho?

–Bueno…

Ella entrecerró los ojos.

–Dímelo.

–David. Me lo dijo David.

Rena hundió los hombros, derrotada, y se pasó una mano por el pelo.

–Lo siento mucho, Rena.

–Y yo. Daniel no llegará a conocer a su hijo.

–No, pero deseaba que tu hijo y tú estuvierais bien. Y estoy en condiciones de asegurar vuestro bienestar.

–Pero yo no quiero casarme contigo.

Tony notó la resignación en su voz.

–Lo sé.

–¿Qué dirían los demás, Tony? ¿Qué pensarían? Mi esposo acaba de morir y yo me caso con su mejor amigo…

Tony ya había tomado una decisión al respecto.

–No te preocupes por nada. Lo mantendremos en secreto. Nadie lo sabrá.

Ella lo miró con estupefacción.

–¿En secreto?

–Durante una temporada.

Rena cerró los ojos unos segundos y volvió a considerar la idea de casarse con él, por mucho que le disgustara.

–Tu bodega necesita una inyección económica con urgencia –continuó Tony–. Y tu hijo necesita un padre.

–Es posible que tengas razón. Pero yo no te necesito a ti. Ya no te necesito.

Tony se dijo que la respuesta de Rena era lo más cercano a un sí que iba a salir de su boca. Y en ese preciso instante, empezó a hacer planes para la boda.

Rena lloró durante dos noches, consciente de la inutilidad de negar lo inevitable. Estaba entre la espada y la pared, debatiéndose en guerras internas desde que Tony le había hecho su propuesta de matrimonio. Y no encontraba otra solución para su problema. Sus deudas eran tan grandes que nadie la podía ayudar.

Pero casarse con Tony le parecía inadmisible.

No podía permitir que se convirtiera en el padre de su hijo.

No era justo.

Salió de la casa y contempló el sol, que empezaba a salir por detrás de los montes, bañando el valle con tonos dorados. Era su momento favorito del día. En vida de David, despertaba temprano y salía al exterior para cuidar del jardín y abrir su mente a todas las posibilidades. Él se sentaba en la terraza y se dedicaba a tomar café y a observarla. Hablaban constantemente, de todo tipo de cosas. Y su presencia le daba consuelo y paz.

Pero desde su muerte, Rena había descuidado el jardín. Y aquella mañana esperaba encontrar solaz con sus lilas y sus rosas.

Se puso los guantes de jardinería y empezó a arrancar malas hierbas mientras pensaba en lo que David le había pedido antes de morir. Su difunto esposo le había negado lo que más necesitaba, tiempo para vivir su duelo y superarlo; tiempo para encontrar una forma de salvar Purple Fields sin ayuda de nadie. En su afán de protegerla de las malas noticias, le había ocultado que la bodega estaba al borde de la quiebra.

Tiró de una hierba particularmente obstinada, pero estaba tan prendida a la tierra que se tuvo que poner de pie y tirar de nuevo para arrancarla.

–Oh, David, estoy tan enfadada contigo… Te has

muerto y me has dejado un problema sin solución –declaró en voz alta.

Los ojos se le volvieron a llenar de lágrimas.

Estaba muy enfadada con David; pero sobre todo, estaba enfadada con ella misma y con Tony Carlino. Pero, por primera vez desde el fallecimiento de su esposo, se sintió fuerte. Su enfado le dio la energía que necesitaba para librarse del miedo y del sentimiento de culpabilidad.

David la había dejado en la estacada y Tony, la estaba extorsionando.

Rena respiró hondo y se dijo que no se rendiría sin luchar. No iba a renunciar a todo lo que amaba solo porque el destino le hubiera complicado las cosas. Aún tenía algo que decir sobre su propia vida. Y su principal obligación era proteger al hijo que llevaba en su vientre y salvar la bodega para dejársela en herencia.

Se quitó los guantes y se estiró mientras en su mente se empezaba a formar un plan. Luego, se dirigió a la casa. Tenía que hacer una llamada. Necesitaba consejo legal y sabía que Mark Winters, un viejo amigo de David, estaría dispuesto a ayudarla.

Había recibido un golpe muy duro, pero no la habían derrotado.

Por primera vez en mucho tiempo, pensó que volvía a tener el control de su propia vida.

Y la sensación le encantó.

**

Tony miró la hora otra vez. Estaba sentado en un apartado del Café Cab y empezaba a perder la paciencia. Rena ya llegaba diez minutos tarde. Quizás había cambiado de opinión.

Aquella mañana, cuando sonó el teléfono, se alegró mucho de oír su voz. Llamó temprano, justo cuando él se preparaba para ir al trabajo, e insistió en que se reunieran ese mismo día. Naturalmente, Tony quiso saber por qué tenía tanta prisa de repente; Rena no le dio ni una pista al respecto, pero llegó a la conclusión de que se lo había pensado mejor y estaba dispuesta a casarse.

Al ver que una camarera pasaba a su lado, Tony le hizo un gesto y le pidió que le llevara un café. Decidió tomárselo tranquilamente y llamar por teléfono a Rena para preguntarle qué había pasado.

Cinco minutos después, cuando ya estaba sacando el móvil, Rena entró en el establecimiento. Mientras caminaba hacia la mesa, Tony notó que tenía ojeras y que su mirada era triste, aunque estaba tan bella como siempre. Se había recogido el pelo en una coleta y se había puesto vaqueros y un jersey azul que combinaba perfectamente con el tono centelleante de sus ojos. Llevaba un bolso y una carpeta.

–Estaba a punto de llamarte –dijo mientras ella se sentaba–. Pensé que habrías cambiado de opinión.

Ella sacudió la cabeza.

–No. Siento llegar tarde. Tenía una cita esta mañana.

–¿Qué tipo de cita?

Rena miró hacia la ventana y se giró nuevamente hacia él.

–Una cita con el médico. Por lo del niño.

Tony se inclinó hacia delante.

–¿Cómo ha ido? ¿Todo va bien?

Rena sonrió sin poder evitarlo. Estaba muy contenta.

–Sí, el niño goza de buena salud. Si todo sale bien, daré a luz en octubre.

–Es una gran noticia…

Tony se alegró sinceramente, aunque le recordó la gran responsabilidad que iba asumir si se casaban. Se haría cargo de un niño que no era suyo y viviría con una mujer que no estaba enamorada de él.

David había sido el mejor de sus amigos; lo había querido con toda su alma; pero a pesar de ello, era consciente de que si su esposa hubiera sido otra mujer, si no se hubiera tratado de Rena, jamás le habría hecho esa promesa.

–¿Qué más ha dicho el médico?

Rena respiró hondo.

–Que me tome las cosas con calma y que no me estrese demasiado.

–Es un buen consejo. Últimamente has tenido muchos disgustos; deberías relajarte un poco e intentar…

–No necesito una conferencia, Tony.

El tono desabrido de Rena hizo que él apretara los dientes. Sabía que las mujeres embarazadas se ponían temperamentales de vez en cuando, pero también sabía que en la frialdad de Rena había algo más. Para ella, su propuesta de matrimonio era una simple extorsión. Y se equivocaba. Se lo había ofrecido porque se lo debía a David.

–Lo siento, Tony, no quería responderte mal. Es que esto no es fácil… Pero créeme, el bienestar de mi hijo es lo más importante para mí.

La camarera se acercó en ese momento.

–Buenos días. ¿Qué quiere tomar?

Rena no tuvo que mirar la carta. La conocía bien.

–Supongo que debería pedir una ensalada California…

–Muy bien. ¿Y usted, señor?

–No, no, espere un momento –la interrumpió Rena–. Olvide la ensalada. Quiero una hamburguesa con chile… es que he tenido un antojo.

La camarera sonrió.

–Una buena elección. Es nuestra especialidad.

–Lo sé. ¡Ah!, y tráigame una limonada.

Tony pidió lo mismo que ella. Cuando la camarera se alejó, preguntó:

–¿Tienes antojos?

–Sí.

–Ahora entiendo que eligieras este café para quedar conmigo…

Ella se encogió de hombros.

–Hacía tiempo que no venía por aquí… Y esta mañana, cuando me he levantado, me ha apetecido una hamburguesa con chile.

–Nos comimos un montón cuando éramos niños –comentó él–. Veníamos muy a menudo. ¿Te acuerdas?

Ella asintió.

–Sí, por supuesto.

Durante un momento, la expresión de Rena se volvió más dulce. Entonces, miró la carpeta y volvió a su frialdad anterior.

–¿Que pasa? –preguntó él–. ¿Qué llevas en esa carpeta?

Rena la empujó hacia él.

–Es un acuerdo prematrimonial.

Tony consiguió disimular su sorpresa, pero pensó todo tipo de cosas.

–Si me caso contigo, quiero que Purple Fields siga estando a mi nombre; quiero mantener la propiedad absoluta de los viñedos y de la bodega y tener la última palabra en todas las decisiones que la afecten. Además, mi hijo heredará Purple Fields cuando llegue el día; eso está fuera de discusión –continuó–. Si quieres consultarlo con tu abogado, adelante. Pero es un documento perfectamente legal y supongo que no habrá problema.

Tony suspiró con pesadez.

–¿Eres consciente de lo irónico que resulta todo esto?

Rena lo miró a los ojos.

–¿Irónico?

–En primer lugar, yo no quiero Purple Fields; mi oferta de matrimonio no tiene nada que ver con tu bodega. De hecho, mis propiedades están valoradas en varias docenas de millones de dólares… y todo eso será tuyo cuando nos casemos. Yo no necesito que firmes ningún acuerdo prematrimonial.

–Si quieres uno, estaré encantada.

–¡No lo quiero! ¡Maldita sea! No me voy a casar contigo por dinero. Quiero que nuestro matrimonio dure. Quiero que formemos una familia de verdad. ¿Comprendes lo que estoy diciendo? –declaró con vehemencia.

–Sí, por supuesto que sí; pero no sería la primera vez que me haces una promesa y la rompes. Y no me puedo arriesgar. Quiero mantener parte del control. Deberías entenderlo, Tony… a fin de cuentas, eres un Carlino.

Tony apretó los labios y esperó unos segundos. No quería discutir con ella, de modo que eligió las palabras con cuidado.

–Esta vez será distinto. No voy a romper ninguna de las promesas que te haga.

–Dormiría mejor si te creyera.

Tony soltó una maldición.

Rena siguió hablando como si nada.

–Solo quiero proteger lo que es mío. ¿Qué tiene de extraño? Es lo poco que me queda y no lo quiero perder.

Tony asintió.

–Está bien. Firmaré ese acuerdo.

Sacó un bolígrafo del bolsillo y empezó a firmar los documentos sin molestarse en leerlos. Se limitó a echarles un vistazo por encima.

–Quizás sería mejor que tu abogado los viera antes… –dijo ella.

Él sacudió la cabeza.

–Te conozco lo suficiente como para saber que en este acuerdo no hay nada cuestionable. Confío en ti.

Rena se echó hacia atrás y adoptó una expresión de desafío.

–No vas a conseguir que me sienta culpable.

–No intento que te sientas culpable –replicó él–. Ya he firmado los documentos. Tienes lo que querías; al menos, en lo que respecta a Purple Fields. En ningún momento he querido quitarte la bodega.

Ella no dijo nada.

–Haremos que esto funcione, Rena. Aunque solo sea por el niño que llevas dentro.

Rena cerró los ojos brevemente. Su silencio irritó un poco a Tony, porque lo interpretó como un síntoma de que no sabía si confiar en él.

Pero al final, asintió.

–Lo sé, Tony.

Él se sintió aliviado. Lo que estaba hecho, estaba hecho. No sentía el menor deseo de hurgar en el pasado. Había llegado la hora de pensar en el futuro.

Y de vivir el presente.

Tony cambió de conversación en cuanto les sirvieron la comida. Quería que Rena disfrutara de la velada. Necesitaba recuperar fuerzas y encontrar un poco de paz en su vida; algo sobre lo que estaba más que dispuesto a echarle una mano.

Además, la simple existencia del acuerdo que había firmado era una aceptación implícita de su propuesta de matrimonio.

Estaba a punto de convertirse en el marido de una mujer embarazada y reacia a estar con él.

Sería mejor que se acostumbrara a la idea.

***

Una semana después, Rena y Tony se estaban casando en San Francisco con Joe y Solena como padrino y madrina, respectivamente. Durante la ceremonia, Rena no dejó de pensar que todo aquello era una especie de broma de mal gusto. No podía creer que se estuviera casando con Tony Carlino.

Durante su adolescencia, había soñado muchas veces con ese momento. Pero su antiguo sueño le parecía ahora una pesadilla.

Intentó recordarse los motivos por los que había tomado aquella decisión. Casarse con Tony significaba salvar la bodega. Significaba que honraría el último deseo de David. Significaba que a su niño no le faltaría nada, empezando por la comida en el plato y un techo sobre su cabeza.

–Puede besar a la novia.

Al oír esas palabras, Rena pensó que se sentía cualquier cosa menos una novia. No llevaba el vestido de rigor, sino un traje chaqueta de color amarillo pálido y un ramito de lilas. Y por respeto a David, Tony no le había puesto la tradicional alianza en el dedo, sino un anillo de platino; al fin y al cabo, había pasado muy poco tiempo desde su muerte.

Los labios de Tony acariciaron suavemente los de Rena. Él la miró a los ojos y sonrió. Ella le devolvió la sonrisa con timidez.

Joe y Solena los felicitaron, pero sin abandonar su gesto solemne. Raymond estrechó la mano de Tony y abrazó a Rena, al igual que Nick; pero el hermano de Tony fue bastante más efusivo con su flamante cuñada:

–Bienvenida a la familia. Siempre quise tener una hermana… pero, ahora que te has casado, te contaré un pequeño secreto: estuve enamorado de ti en el instituto.

Rena soltó una carcajada.

–No, no es verdad…

–Claro que lo es. Pero eras la chica de mi hermano mayor… –Nick se giró hacia Tony–. Eres un hombre con suerte. Cuídala bien o te la robaré.

–Inténtalo –lo desafió.

Rena se mordió el labio para no sonreír. No era la primera vez que contemplaba los juegos de los Carlino, de los que había formado parte en muchas ocasiones. Además, Nick siempre lograba arrancarle una sonrisa. Era un hombre muy inteligente. Y tan encantador y seductor como sus dos hermanos.

Los seis cenaron en un restaurante de las afueras de San Francisco, y todos brindaron con champán cuando Nick alzó su copa en honor a los recién casados. Sin embargo, Rena solo se mojó los labios. Aunque estaba entre amigos, se sentía culpable con Solena y Raymond; les había explicado sus motivos para contraer matrimonio con Tony, pero sin mencionar su embarazo.

Cuando terminaron de cenar, Rena y Solena salieron al exterior.

–Espero no estar cometiendo un error…

Solena la tomó de la mano.

–Recuerda que David quería que te casaras con Tony. Da una oportunidad a ese hombre. A fin de cuentas, estuviste enamorada de él.

–Ahora es distinto. Hay mucho dolor.

–Lo sé; pero si aprendes a perdonar, tu corazón se abrirá de nuevo.

Rena lo dudó. No sabía si sería capaz de perdonar a Tony. Le había destrozado la vida dos veces.

–No puedo creer que me haya casado con él.

Solena le dio un abrazo.

–Saldrá bien, no te preocupes. Sé paciente. Y recuerda que siempre estaré a tu lado.

Rena la miró con gratitud.

–Lo sé.

En ese momento, Tony se acercó y le puso una mano en la espalda.

–¿Nos vamos, Rena?

–Sí, enseguida.

Rena se giró hacia su amiga.

–Nos vemos mañana, Solena.

Solena asintió y miró a Tony.

–Felicidades…

–Gracias, Solena.

Cuando Solena y su marido se marcharon, Tony tomó de la mano a Rena y la llevó hacia su coche.

–Por tu expresión, cualquiera diría que te llevo al patíbulo –bromeó él.

Ella se encogió de hombros.

–Es que todo esto es tan extraño…

Tony no tuvo tiempo de replicar porque Joe y Nick se acercaron en ese momento.

–Por fin os habéis casado –declaró Nick con una sonrisa–. Ya era hora.

Joe carraspeó y dijo:

–Será mejor que los dejemos a solas, Nick.

–Solo quería felicitarlos otra vez... –se excusó–. Aunque supongo que los vernos más tarde, en casa.

Tony sacudió la cabeza.

–No, esta noche no voy a volver a casa.

–¿Ah, no? –preguntó Rena, súbitamente nerviosa.

Rena no le había preguntado sobre la noche de bodas. Puesto que el suyo era un matrimonio secreto y, en cierto sentido, de conveniencia, había dado por sentado que los dos se marcharían a sus respectivas casas.

–No –contestó él–. He reservado una habitación en el hotel Ritz Carlton de San Francisco.

Joe llevó una mano a la espalda de Nick y le dio un pequeño empujón.

–Anda, vámonos.

–Sí, supongo que es lo más apropiado... Felicidades de nuevo, Rena.

Joe y Nick subieron a su coche y se fueron enseguida. Entonces, Rena se giró hacia Tony y lo miró con perplejidad.

–¿Por qué has reservado una habitación en un hotel?

–Porque es nuestra noche de bodas.

Ella cerró los ojos durante un par de segundos, buscando fuerzas.

–No esperarás que...

–Ahora somos marido y mujer, Rena –le recordó–. ¿Pretendes que viva en celibato hasta el fin de mis días?

Capítulo Cinco

Durante el trayecto al hotel, Rena se mantuvo en silencio y con el ceño fruncido. No dijo nada en el coche; no dijo nada mientras se registraban en recepción y no dijo nada en el ascensor que los llevó a la suite presidencial.

Al llegar arriba, un empleado les abrió la puerta y les enseñó las habitaciones.

Rena se quedó atónita. Era un lugar precioso, decorado con obras de arte y muebles de diseño. Tenía un salón con un piano de cola; un comedor con una mesa para ocho invitados; un cuarto de baño gigantesco; un dormitorio grande con unas vistas magníficas de la bahía de San Francisco, y uno más pequeño.

De vuelta al salón, Tony se dirigió al empleado del hotel.

–Puede marcharse cuando quiera. No necesitaremos sus servicios.

–Gracias, señor.

El empleado se fue y Tony abrió la puerta corredera de la terraza.

–Es enorme… solo en la terraza cabrían dos tiendas como la de Purple Fields –dijo ella mientras salía al exterior de la suite–. ¿Por qué te has tomado tantas molestias?

—Porque te lo mereces.

Él le puso las manos en los hombros y le señaló un punto en el mar.

—Mira… eso es Alcatraz.

Rena miró la isla donde había estado la famosa cárcel.

—La vista es preciosa. Todo esto es precioso.

Tony le acarició los hombros con suavidad y aspiró su aroma. Rena se había recogido el pelo para la ceremonia, de modo que tenía una visión perfecta de su cuello. Sin embargo, contuvo sus impulsos y se apartó un poco. Era consciente de que necesitaba tiempo para acostumbrarse a la nueva situación.

—Siéntate y disfruta del aire fresco.

Ella se sentó en una de las sillas blancas de la terraza. Él se acomodó enfrente.

—No soy el lobo feroz, Rena. Sé que esto es difícil para ti.

—Es bastante más que difícil. Jamás pensé que llegaría este día.

—¿Qué día?

—El día en que me convertiría en tu esposa.

—No soy un villano; solo intento hacer lo correcto. Voy a salvar tu negocio y te voy a ayudar con tu hijo… es decir, con nuestro hijo –puntualizó.

Rena lo miró con tristeza.

—Solo intentas limpiar tu conciencia, Tony.

Él sacudió la cabeza.

—Estás decidida a no concederme ni el beneficio de la duda…

—Siento no ser la esposa adorable que esperabas

–se defendió–. No puedo serlo, Tony. Esto es muy injusto.

–Maldita sea, Rena. Yo también lamento la muerte de Tony. Era mi mejor amigo.

Tony se levantó y empezó a caminar por la terraza. Casarse con Rena no entraba en sus planes. Se había casado con ella porque le había hecho una promesa a David. Se había casado a pesar de que Rena lo consideraba culpable de la muerte de su esposo. Y había intentado ser paciente, pero ella no le daba ni una sola oportunidad.

–Supongo que estarás agotada. ¿Por qué no te das un baño? Te está esperando… Luego, te puedes ir a la cama.

Rena alzó la barbilla.

–Yo no voy a dormir contigo, Tony.

–En eso te equivocas. Soy yo quien no va a dormir contigo –contraatacó–. Pero te guste o no, soy tu esposo.

–¿Y eso qué quiere decir?

Tony estaba demasiado disgustado con ella como para andarse con sutilezas.

–Que no pasaré de puntillas por tu vida, Rena.

La dejó en la terraza, se dirigió al bar y se sirvió un whisky. Odiaba que Rena tuviera razón en ese aspecto. Efectivamente, se había casado con ella porque se sentía obligado con David. Pero no esperaba que su resentimiento le doliera tanto.

Sin embargo, Tony Carlino no se había arrastrado jamás, ante ninguna mujer, para que se acostara con él.

Y no iba a empezar aquella noche.

***

Rena no había estado nunca en un hotel tan elegante, así que decidió disfrutar de la ocasión.

Fiel a la palabra de Tony, la bañera estaba llena y esperando. Rena cerró la puerta y encendió las velas que había.

A continuación, se quitó los zapatos, se desnudó y dejó la ropa, perfectamente doblada, en una de las encimeras de mármol. Luego, encendió el aparato de música de la pared, sintonizó la radio en una emisora de jazz y se metió en el agua.

–Perfecto… –susurró.

Era la primera vez en muchos días que se sentía relajada.

Cerró los ojos, expulsó de su mente todos los pensamientos negativos y se puso a pensar en el niño que llevaba en su vientre.

Se preguntó si sería niño o niña. Esperaba que heredara la amabilidad y la inteligencia de David y, quizás, sus ojos azules. Esperaba muchas cosas; pero, por encima de todo, que su hijo fuera feliz.

Momentos después, la puerta se abrió.

Al ver a Tony, Rena se hundió un poco más en el agua.

–¿Qué haces aquí?

Tony se desabrochó la camisa, la dejó caer al suelo y clavó la vista en la parte superior de los senos de Rena.

–Me voy a duchar.

A Rena se le aceleró el corazón.

–¿Aquí?

–Sí, claro. Es el único cuarto de baño.

Ella entrecerró los ojos.

–¿Es que has bebido? –lo acusó.

–No lo suficiente, nena.

Tony se quitó los zapatos y se llevó las manos al cinturón de los pantalones. Rena cerró los ojos con fuerza. Segundos más tarde, le oyó entrar en la ducha que estaba junto a la bañera y cerrar la puerta de cristal.

Lentamente, volvió a abrir los ojos. Tony se estaba enjabonando, de espaldas a Rena. Su flamante esposa tragó saliva e intentó apartar la mirada, pero no fue capaz. Aquel hombre lo había significado todo para ella; y por si eso fuera poco, tenía el cuerpo de un dios griego, asombrosamente bello y masculino.

De repente, mientras Rena contemplaba los chorros de agua que caían sobre sus anchos hombros, Tony se dio la vuelta y la pilló in fraganti. Él sonrió con picardía y ella apartó la vista tan deprisa como pudo, por miedo a que descubriera que todavía lo deseaba. Algunos sentimientos se resistían a morir. Se ocultaban bajo el dolor y la ira, esperando el momento preciso.

Cuando Tony cerró el grifo de la ducha, Rena se puso tensa. No sabía lo que iba a pasar. No sabía lo que había querido decir con eso de que no estaba dispuesto a pasar por su vida de puntillas.

Tony salió de la ducha, desnudo. Rena no lo miró, pero tampoco giró la cabeza. No se iba a dejar intimidar.

Tras secarse, él se enrolló la toalla alrededor de la cintura y dijo:

—Deberías salir ya. El agua se habrá quedado fría.

Rena bajó la mirada y se dio cuenta de que la espuma había desaparecido y de que sus pezones eran visibles bajo el agua.

—Saldré en cuanto te marches.

Tony se frotó la barbilla y admiró sus senos.

—Bueno, supongo que me puedo afeitar mañana. Sal cuando quieras.

Él alcanzó una toalla de color chocolate y se la acercó. Ella aceptó el ofrecimiento.

—¿Y bien?

—No te preocupes por mí, Rena. Dormiré en el otro dormitorio —afirmó—. Que descanses...

Tony se inclinó sobre ella, le dio un beso en la mejilla y la miró de forma extraña.

—¿Qué ocurre? —preguntó Rena con curiosidad.

—Nada importante... Cuando estábamos juntos, ninguno de los dos habríamos imaginado que nuestra noche de bodas sería así.

Ella suspiró.

—No, por supuesto que no.

Tony asintió y salió del cuarto de baño, dejándola a solas con recuerdos eróticos del pasado, cuando se amaban y se deseaban con locura.

Rena estaba tan cansada que durmió como un tronco. Cuando despertó, se acurrucó contra la almohada y recordó lo que había soñado. Había estado en los viñedos, entre racimos de uvas maduras cuyo aroma impregnaba el ambiente. David se encontraba con ella; pero en determinado momento, su cara cambiaba y se convertía en la de Tony.

Desorientada, Rena abrió los ojos y contempló la bahía de San Francisco, que se extendía al otro lado del cristal de la ventana. Se sentó, echó un vistazo a su alrededor y tardó unos segundos en recordar que estaba en el hotel Ritz Carlton. David había fallecido y ella se había casado con Tony Carlino.

–Oh, Dios mío…

Tony salió del cuarto de baño.

–Veo que ya estás despierta –dijo.

Tenía la mandíbula llena de crema de afeitar y no llevaba más ropa que unos calzoncillos de color negro.

–¿Has dormido bien?

–Sí, muy bien.

–Tienes mejor aspecto… –Tony le lanzó una mirada y volvió al servicio–. El desayuno te está esperando.

Rena estaba hambrienta. La muerte de David y los problemas económicos de Purple Fields le habían quitado el apetito durante muchas semanas, pero ahora volvía con fuerzas renovadas porque, al fin y al cabo, estaba embarazada y tenía que comer por dos.

–Saldré dentro de un momento –continuó Tony–, pero te daré tiempo para que te vistas… te esperaré en el salón.

–De acuerdo.

Rena entró en el cuarto de baño poco después de que Tony saliera. Se echó agua en la cara y se cepilló el pelo. Normalmente, se limitaba a ponerse una bata o un albornoz para desayunar; pero le pareció que sería demasiado provocador con Tony en la suite y se puso unos pantalones y una camiseta.

Al llegar al salón, vio que Tony estaba sentado en el sofá, leyendo el periódico y tomándose un café.

–Como antes no lo he dicho, lo digo ahora. Buenos días, Rena.

Ella sonrió con frialdad y miró los platos llenos de comida.

–¿De dónde ha salido todo esto?

Él se encogió de hombros.

–Recuerda que estamos en la suite presidencial.

–¿Y eso significa que la comida aparece como por arte de magia?

Tony rio.

–Sí, supongo que sí.

–Puede que tú estés acostumbrado a que te traten de esta forma, pero yo… son tantas atenciones que me abruman.

Tony se levantó del sofá y se detuvo ante ella, mirándola a los ojos.

–Yo no vivo así, Rena. Pero esta es una ocasión especial. Pensé que merecías que te mimaran –declaró.

Él alzó un brazo y le acarició la mejilla con ternura. Rena lo agradeció porque había pasado mucho tiempo desde la última vez. Estaba embarazada de nueve semanas y, aunque había intentado ser fuerte tras la muerte de David, de vez en cuando necesitaba un poco de calor humano.

Miró los bellos y oscuros ojos de Tony y bajó la mirada hasta su boca. Ese gesto fue el permiso que él necesitaba. La tomó entre sus brazos, inclinó la cabeza y la besó con suavidad.

Rena se dejó llevar. No era un beso sensual, sino uno comprensivo y paciente para el que no estaba preparada, porque jamás habría imaginado que Tony fuera capaz de besar así. Y le asustó. No podía confiar en él otra vez. Ya la había destrozado años atrás. Solo se había casado con él porque no había otra forma de solventar sus problemas.

Rompió el contacto y Tony protestó.

—No te alejes de mí, Rena.

—Tengo que hacerlo. Me hiciste una propuesta de negocios; tú mismo dijiste que el nuestro no sería un matrimonio de verdad... y ahora, ¿esperas que me comporte como una esposa de verdad? —Rena sacudió la cabeza.

Tony no dijo nada.

—¿Es que no lo entiendes? —siguió ella—. En otra época, te habría confiado mi vida; pero ahora no puedes decir ni hacer nada para que confíe en ti. Mi corazón está vacío en lo que a ti respecta. Me he casado contigo porque no tenía otro remedio, pero tengo que protegerme y proteger a mi hijo.

—Yo quiero lo mismo que tú. Protegerte y proteger a tu hijo.

—No, tú me vas a ayudar a salvar mi empresa. Y punto. No puedo permitir que te acerques demasiado a mi bebé. No quiero que le hagas el daño que me hiciste a mí.

—Pero, ¿qué daño le podría hacer?

—Marcharte. Abandonarlo. Encontrar algo más importante que ser su padre.

Tony apretó los dientes.

–No os voy a abandonar ni a ti ni a tu hijo –afirmó.

–¿Y qué pasará si vuelves a las carreras? Lo llevas en la sangre, Tony, no lo niegues. Las carreras son tu vida.

–Eran mi vida –puntualizó–. Hice lo que debía hacer, pero ese tiempo ha pasado.

Rena sacudió la cabeza, incapaz de creerlo.

–Te doy mi palabra, Rena. ¿Me oyes? Jamás os abandonare, a ninguno de los dos. Te lo prometo.

Tony la miró fijamente. Y justo cuando ella creía que iba a salir de la habitación, alcanzó uno de los platos y se lo dio.

–Come. Hoy nos vamos a divertir un poco.

La tarde era tan buena cuando salieron del hotel que decidieron dar un paseo por la ciudad. Había tanta gente que se separaron varias veces y estuvieron a punto de perderse entre la multitud, así que se tomaron de la mano para evitar males mayores y se dedicaron a ver escaparates de tiendas.

En determinado momento, Rena se mostró interesada en un collar de rubíes y Tony la arrastró al interior del local.

–Esto no es necesario… –protestó ella.

–Considéralo un regalo de bodas. A fin de cuentas, ni siquiera te he podido comprar un anillo en condiciones.

–Lo sé, pero no lo necesito. Lo único que quiero es que mi bodega sobreviva y vuelva a ser rentable.

–Lo será, Rena. No tienes que renunciar al collar para salvar la bodega.

Rena suspiró y dejó que le regalara el collar. Llevaba tanto tiempo sacrificando sus propias necesidades y caprichos que casi había perdido la habilidad de aceptar un regalo sin sentirse culpable por ello.

Al salir de la tienda, comieron en una marisquería y luego tomaron tanto helado que Rena creyó que iba a estallar.

–Uf, estoy llena…

–Y yo –dijo Tony, mirando su plato vacío–. ¿Quién se podría cansar del helado de fresas con crema de chocolate caliente?

–¡Y con nueces por encima!

Él rio.

–¡Y con nata! ¿Te acuerdas de nuestra pelea de nata?

Rena lo recordaba perfectamente. Un día, muchos años atrás, habían sacado la nata líquida que estaba en la nevera de la casa de Tony y se habían dedicado a batirla.

–Claro que sí. Pero hiciste trampas.

–Yo no hice trampas… no tuve la culpa de que te atragantaras y dejaras de batir.

–Puede que no tuvieras la culpa, pero aprovechaste la situación para ponerme perdida. Tenía nata por todas partes.

–Y estabas dulcísima de la cabeza a los pies.

Tony lo dijo con una sonrisa nostálgica. Él tampoco había olvidado que la cubrió de besos y la llevó al dormitorio cuando las caricias dejaron de ser suficiente. Luego, le quitó la ropa y le lamió toda la nata. Y al final, hicieron el amor en la ducha.

–Desde entonces, no puedo batir nata sin acordarme de ti –continuó él.

Ella se ruborizó.

–Ha pasado mucho tiempo, Tony.

–Pero es un recuerdo hermoso.

–Yo ya no pienso en el pasado.

–Quizás deberías… lo nuestro fue muy especial.

–Tú mismo lo has dicho. Fue. Ya no lo es.

Tony se inclinó hacia delante y la besó en los labios.

–Venga, vámonos.

La tomó de la mano y la llevó a la calle, donde tomaron un tranvía para volver al hotel. Cuando ya habían recogido sus cosas, Rena echó un último vistazo a la suite presidencial, sintiéndose vagamente nostálgica.

Al cabo de unos minutos, estaban en el coche de Tony. Ella pensó que se dirigirían a Napa, pero él se detuvo en un centro comercial.

–¿Qué estamos haciendo aquí?

Tony sonrió.

–Vamos a comprar cosas para el bebé.

–¿Para el bebé?

–Te he prometido que nos íbamos a divertir, y doy por sentado que comprar ropa y muebles para un bebé es algo divertido para una embarazada.

–¿Tú crees? –preguntó con ironía.

–Pero tendrás que ayudarme un poco, porque yo no sé nada de eso…

Tony salió del coche y le abrió la puerta.

–Yo tampoco sé mucho –le confesó ella–. David y yo hablamos varias veces sobre la posibilidad de tener hijos, pero…

Rena no terminó la frase. Se le había hecho un nudo en la garganta al pensar que David no llegaría a conocer a su hijo. No tendría ocasión de contemplar sus primeros pasos. No le podría besar en la cara. No le cambiaría los pañales. No lo vería crecer poco a poco ni estaría a su lado cuando se convirtiera en un adolescente y se enamorara por primera vez.

David, que habría sido un padre magnífico, había muerto.

–Lo siento, Tony –declaró con voz triste–. Creo que no estoy preparada para esto.

Tony respiró hondo y cerró los ojos durante un segundo.

–Está bien, lo haremos en otro momento. Cuando quieras.

Ella suspiró, aliviada.

–No es que no agradezca tu intención, es que…

–Lo sé, Rena, lo he entendido de sobra –la interrumpió–. Es que no soy el padre del niño.

Tony volvió al interior del coche y arrancó. Rena se puso el cinturón de seguridad y se mordió el labio inferior, deprimida.

Viajaron en silencio. De cuando en cuando, ella le lanzaba alguna mirada subrepticia.

Sabía que David se había ido, que ya no pertenecía al presente sino al pasado. Y que el hombre que estaba a volante era su futuro.

Le pareció terriblemente irónico.

¿Cuántas veces había deseado convertirse en la esposa de Tony Carlino? Tantas, que ni siquiera las podía recordar.

Rena pensó que tendría que ser más cuidadosa con lo que deseaba.

Porque a veces, los deseos se cumplían.

Capítulo Seis

Tony no dejó de pensar en el asunto durante el viaje a Napa. Por un lado, sabía que Rena seguía de luto; por otra, se había convertido en su mujer. Y si quería ser realmente fiel a la promesa que había hecho a David, no podía permitir que Rena le impusiera los términos de su relación.

Al llegar a Purple Fields, pasó por delante de la entrada de la propiedad y siguió por la carretera.

–¿Adónde vamos? –preguntó ella.

–A mi casa.

Rena lo miró con sorpresa.

–¿Por qué?

–Porque necesito llevar mi ropa a Purple Fields.

Rena parpadeó un par de veces antes de comprender lo que pretendía.

–Se supone que nuestro matrimonio iba a quedar en secreto, Tony. No podemos vivir juntos –alegó.

Tony estaba preparado para responder a ese argumento. Detuvo el coche en el arcén de la carretera y se giró hacia Rena, que se puso tensa de inmediato.

–Nadie sabe que nos hemos casado, Rena; no te preocupes por eso. Pero no puedo trabajar contigo en Purple Fields y además…

–¿Cuidarme? –lo interrumpió con sarcasmo.

Rena intentaba jugar con su paciencia, pero no lo consiguió.

–Seremos discretos. Purple Fields no es precisamente el lugar más concurrido del mundo.

–Gracias por recordármelo. Aun así, no creo que debamos vivir juntos.

Ella apartó la vista, pero él le puso la mano en la barbilla y la obligó a mirarlo a los ojos.

–Eres mi esposa y yo soy tu marido. Estamos casados. Lo mantendremos en secreto durante una temporada, pero no te equivoques… tengo intención de que seamos marido y mujer de verdad. Pero si prefieres que vivamos juntos en la propiedad de mi familia, por mí no hay problema. La decisión es tuya.

–No, no, nada de eso –dijo, sacudiendo la cabeza–. No puedo vivir en tu propiedad. Tengo que estar en Purple Fields.

Tony no se dejó engañar. Sabía que odiaba la propiedad de los Carlino por culpa de Santo, que había hecho lo posible por arruinar a la competencia, empezando por Rudy Fairfield, el padre de Rena. Antes de marcharse, Tony pidió a Santo que dejara en paz a la familia de Rena, pero no le hizo caso.

–Pues no se hable más. Viviremos en Purple Fields.

Ella tragó saliva y asintió.

Al llegar a la propiedad, Tony salió del coche y le abrió la portezuela, pero Rena se quedó plantada en el exterior.

–Te espero aquí. Hace un día muy bonito y… necesito tomar el aire.

Tony prefirió no presionarla.

–Está bien. Solo tardaré unos minutos.

Mientras ella esperaba, él entró en la mansión por el arco de hierro forjado que decoraba la puerta principal. La mansión, que se alzaba en lo alto de una colina, tenía cuatro alas que formaban una cruz en cuyo centro estaba el salón principal y un comedor con vistas a los viñedos. Era tan grande que los tres hermanos podían vivir en ella sin cruzarse; especialmente, porque cada uno vivía en un ala distinta.

Estaba subiendo por la escalera cuando oyó la voz de Joe.

–Me había parecido oírte… ¿qué tal los recién casados?

Tony suspiró.

–Bien.

–¿Tan terrible ha sido?

Tony sabía que su hermano no le estaba tomando el pelo. Estaba sinceramente preocupado por él.

–Ten en cuenta que ha pasado muy poco tiempo desde la muerte de David.

–Sí, claro. ¿Dónde está Rena?

–Afuera. No ha querido entrar –respondió–. De momento, viviré en Purple Fields.

–Supongo que es lo mejor…

–Solo será durante unos días, pero espero que Nick y tú cuidéis el fuerte.

–Por supuesto. No hay problema.

–Gracias, Joe… Si alguien me hubiera dicho hace seis meses que me iba a casar con Rena y a cuidar de un niño, lo habría tomado por un loco.

–Y si yo no te conociera, diría que estás nervioso.

–Sí, es posible que lo esté.

–Bueno, no te preocupes por Rena. Seguro que las cosas mejoran con el tiempo... Y hablando de mi cuñada, voy a salir a saludarla. Incluso es posible que le hable bien de ti.

–Te lo agradecería. Rena cree que se ha casado con el diablo en persona.

Tony rio y siguió escaleras arriba. Las mujeres le habían tomado por cosas peores a lo largo de los años. Y siempre, con razón.

Rena se llevó una nueva sorpresa cuando Tony volvió al deportivo y, en lugar de tomar la carretera de Purple Fields, tomó el camino que llevaba al cementerio donde estaba enterrado David.

–Tony, ¿vamos adonde creo que vamos? –dijo con incertidumbre.

–Sí. Espero que no te moleste.

Ella cerró los ojos un momento. Tras la muerte de David, había ido todos los días a llevar flores a su tumba; pero cuando Tony le contó lo de su promesa, se enfadó tanto con su difunto marido que no volvió.

Ahora, por fin, entendía que se había comportado como una estúpida. David solo pretendía protegerla. Incluso después de muerto.

–No, claro que no.

Cuando llegaron a su destino, Tony la tomó de la mano.

–No te preocupes, Rena. Lo haremos juntos.

Caminaron por el cementerio hasta llegar a la colina donde se encontraba la placa de bronce con el nombre completo de David, su fecha de nacimiento y la fecha de su muerte. Rena se sentó en la lápida y permaneció unos minutos en silencio. Cuando se levantó, él la volvió a tomar de la mano y dirigió unas palabras a su viejo amigo.

–Rena está bien, David. Nos hemos casado, como te prometí. Cuidaré de ella.

Abrumada por la emoción, Rena dejó escapar un sollozo y rompió a llorar.

Tony la tomó entre sus brazos y ella apoyó la cabeza en su pecho.

–No pasa nada, cariño. Llora… suelta todo lo que llevas dentro.

Rena lloró y lloró hasta que recobró el control de sus emociones, pero no se apartó de él. El contacto de su cuerpo y los besos que le daba en la frente hacían que se sintiera segura, querida, menos sola.

–Hemos hecho lo correcto, Rena –dijo él en voz baja–. Hemos hecho lo que David quería.

–Oh, Tony… estaba tan enfadada con David por lo que te hizo prometer… no había vuelto a su tumba desde hace semanas.

Tony le acarició la espalda.

–No te castigues más. Eres una mujer fuerte, pero también tienes derecho a sentir.

–¿Incluso a sentir que no debería haberme casado contigo?

Tony la miró fijamente.

–Sí, incluso a eso.

–No te voy a dar ninguna oportunidad, Tony.

–¿Quieres hacerme la vida imposible?

–No a propósito, pero supongo que te la complicaré de todas formas. Si no soportas ni una semana conmigo, lo entenderé.

–Olvídalo. No me voy a ir a ninguna parte.

Tony bajó la cabeza y la besó con suavidad.

Y por primera vez, Rena estuvo a punto de creerle.

Rena se cruzó de brazos y miró a Tony mientras él dejaba sus bolsas en el suelo del dormitorio, junto a la cama.

–Ya te dije que no voy a pasar de puntillas por tu vida. Seré tu marido de verdad.

Ella respiró hondo. Estaba tan cansada y había derramado tantas lágrimas en el cementerio que ya no tenía fuerzas ni para agobiarse.

Además, sabía que no tenía más opción que aceptar su presencia en la casa y en la cama. Tony era un hombre orgulloso, viril, fuerte y extremadamente sexy. Un campeón del circuito de carreras que seguramente habría tenido más mujeres de las que podía desear. Un hombre de carácter, que le había aguantado muchos desplantes y que, más tarde o más temprano, le empezaría a devolver la pelota.

Tony debió de notar su preocupación, porque dijo:

–Por Dios, Rena, no te voy a violar. Pero dormiremos en la misma cama.

Rena miró la cama y lo miró a él.

–Lo comprendo.

Tony sacudió la cabeza.

–Maldita sea, Rena; me conoces de sobra… ¿debo recordarte que hicimos el amor muchas veces? ¿Y que lo hicimos con todas nuestras ganas y nuestra pasión, hasta que ya no podíamos más?

Rena se estremeció y se ruborizó un poco.

–No, no hace falta –respondió en un susurró–. Pero ha pasado mucho tiempo desde entonces… y entonces, estábamos enamorados.

–Ya.

Tony abrió una bolsita encima de la cama. Contenía un peine, un desodorante, una maquinilla de afeitar y una loción para después del afeitado.

–¿Dónde puedo dejar esto?

Ella señaló el cuarto de baño.

–Es pequeño, pero queda sitio en los cajones.

Afortunadamente, Rena había sacado las cosas de David del servicio; pero no había hecho lo mismo con su ropa, que seguía en el armario. Ahora no tenía más remedio que hacerle espacio. Aunque seguía albergando la esperanza de que Tony se cansara de su casa, pequeña y sin lujos, y volviera a la mansión de los Carlino.

Abrió el armario y empezó a sacar la ropa de David.

–No hace falta que la saques ahora, Rena. Pareces cansada.

–Tenía que hacerlo en algún momento. Es que…

–Si te sientes mejor, lo haré yo.

Ella sacudió la cabeza.

–No, es cosa mía.

79

Tony se giró hacia ella y la tomó de las manos.

—Está bien, pero déjalo para otro día, por favor.

Rena asintió y aspiró su aroma sutil y vagamente almizclado. Sin saber por qué, recordó el beso que le había dado antes y sintió una punzada en el pecho. No quería sentirse atraída por Tony Carlino. Pero no lo podía evitar.

—Entonces, prepararé la cena.

—Gracias.

Rena lo miró una vez más y salió de la habitación. Estaba confundida por lo que sentía y enfadada por sentirlo.

Rena movió la salsa de los espagueti y contempló las burbujas que salían a la superficie, impregnando el ambiente con olor a ajo.

—Huele muy bien…

Tony apareció por detrás y alcanzó la cuchara de madera.

—¿Puedo probarlo?

—Sí, claro. Espero que no te importe cenar pasta.

—¿Bromeas? Soy italiano, Rena, adoro la pasta.

Él movió la salsa, llenó una cucharada y la probó.

—¿Qué te parece?

—Que necesita un poco más de sal… —Tony alcanzó el salero y le echó un puñadito—. Así está mejor.

—¿Te gusta cocinar?

Él se encogió de hombros.

—Más o menos. Cuando vives solo mucho tiempo, tienes que aprender a hacer algo más que hervir agua.

–Jamás habría imaginado que tenías que prepararte tus propias comidas.

Tony siguió moviendo la salsa.

–Cuando mi chef se iba de vacaciones, aún quedaban tres criados a mi disposición...

–¿Estás hablando en serio?

–Por supuesto que no.

Tony dejó la cuchara de madera y la miró.

–No me voy a disculpar por mi forma de vivir. Me la gané con las carreras. Pero no fue fácil... dieciséis horas de trabajo diario y muchos días interminables y solitarios en la carretera. A veces, cuando echaba de menos la comida casera, me ponía a cocinar. Si comes con demasiada frecuencia en restaurantes y hoteles, terminas harto.

–Pero seguro que tenías muchas mujeres dispuestas a cocinar para ti...

Tony la miró con asombro.

–Olvida lo que he dicho –continuó Rena, arrepentida–. Olvídalo.

Tony sacudió la cabeza.

–Tienes una imagen verdaderamente mala de mí...

Rena apretó los labios.

–Bueno, eso no importa.

–Claro que importa. A mí me importa –afirmó–. Soy tu marido y me importa mucho lo que pienses de mí.

Rena se limitó a mirarlo a los ojos, en silencio. Tenía sentimientos contradictorios en lo relativo a Tony Carlino; pero por encima de ellos, se negaba a ver algo bueno en él. Quería mantener las distancias. Protegerse.

Al comprender que Rena no iba a decir nada más, Tony se apartó. Rena aprovechó la ocasión para acercarse a la pila y llenar una cacerola donde cocer los espagueti.

–¿Te puedo ayudar? –preguntó él.

–Saca una lechuga y unos tomates del frigorífico. Creo que también hay un pepino…

Tony se puso manos a la obra y, para sorpresa de Rena, preparó una ensalada deliciosa, con aceite de oliva, aceitunas y hierbas.

–Está buenísima… –reconoció.

–Era una especialidad de mi madre. Una de las pocas cosas que me enseñó a preparar antes de morir.

La madre de Tony había fallecido cuando él solo tenía quince años. Rena no la había llegado a conocer, pero le habían dicho que era una especie de santa, y suponía que era verdad; a fin de cuentas, debía de serlo para soportar a Santo, quien después de su muerte se dedicó en cuerpo y alma a destrozar los negocios de la competencia.

–Y aún te acuerdas…

–Claro. ¿Y tú? ¿Recuerdas muchas cosas de tu madre?

Rena sonrió.

–Por supuesto. Todas las mañanas y todas las noches salía a caminar cinco kilómetros. Daba igual lo cansada que estuviera o el tiempo que hiciera. Se ponía unas zapatillas viejas y salía a caminar… decía que era bueno para la mente, para el alma y para el apetito.

Tony rio.

–Es un bonito recuerdo…

–Sí, lo es.

Cuando terminaron de preparar la cena, la sirvieron en la mesa de roble de la cocina y se sentaron. Rena se preguntó qué pensaría Tony sobre su rústica casa. Para ella, era su hogar; un sitio que había redecorado personalmente y que estaba llena de recuerdos de sus padres y de su difunto marido.

Pero su vida había dado un vuelco. Sus padres y su esposo habían desaparecido. Y ella se había casado con el hombre que en ese momento levantó la cabeza y dijo:

–Mañana quiero ver tus libros de contabilidad. Espero haber terminado con ellos a finales de semana. Así tendré una idea más exacta de la situación de la bodega.

Rena se sintió agradecida. Tony ni siquiera había parpadeado cuando le contó lo sucedido con el banquero y le dio la cantidad que debía al banco.

–En cuanto al dinero, no te preocupes –continuó–. Te daré lo que necesites para que afrontes la deuda de la bodega y cualquier otra que puedas tener.

–Gracias, Tony.

Rena se sintió tan abrumada por su generosidad que bajó la cabeza.

–¿Rena?

–¿Sí?

–Saldremos juntos de esta. La bodega se va a salvar.

–Lo sé, lo sé… es que siento que he fracasado. Lo intenté. Y David lo intentó. Pero tuvimos mala suerte con los distribuidores y con los equipos, sin contar la competencia de empresas mucho más grandes que la nuestra.

Tony la tomó de la mano.

–Y Carlino Wines estaba entre esas empresas, ¿verdad? Pero eso también forma parte del pasado.

–Los Fairfield siempre hemos sido orgullosos, Tony. No puedo dejar de pensar que he fallado a mis padres. He tenido que casarme para salvar la bodega.

Tony sonrió.

–Ya sé que soy la última persona con quien querías casarte, pero descuida, no me lo tomaré como una ofensa –declaró con humor.

–En otro tiempo, habría dado cualquier cosa por casarme contigo.

–¿Y ahora?

–No lo sé, Tony, no lo sé. Estoy tan cansada… –declaró con sinceridad.

Tony se levantó de la mesa y la miró con preocupación.

–Anda, ve a acostarte. Yo me ocuparé de limpiar los platos. Ha sido un día muy largo y tienes que descansar.

Rena estuvo a punto de protestar, pero no lo hizo. Tony ya había empezado a recoger la mesa. Y por otra parte, tenía razón.

–Está bien. Me daré una ducha rápida y me acostaré… ¿qué vas a hacer tú?

–Subiré más tarde.

Ella asintió y salió de la cocina.

Estaba verdaderamente agotada. Tanto, que ni siquiera pudo pensar en las implicaciones de dormir con su nuevo y extremadamente sexy marido secreto.

Capítulo Siete

Rena se acurrucó en la cama, rebelándose contra los rayos de sol que entraban por la ventana del dormitorio. Cerró los ojos con fuerza y se alejó de la luz, pero se topó con algo cálido y muy familiar; con algo que tenía un aroma maravilloso.

Asustada, abrió los ojos de golpe. Tony estaba allí, a pocos milímetros de su cara, contemplándola con una sonrisa.

—Buenos días, preciosa.

En el cerebro de Rena se activaron todas las alarmas. No podía creer que estuviera en la cama con él. Ni que estuviera disfrutando de su calor.

Ya se disponía a protestar cuando Tony le puso un dedo en los labios.

—Tranquila… no le des demasiada importancia.

Tony cerró los brazos alrededor de su cintura y la atrajo hacia él.

—¿A qué te refieres?

—A esto.

Él se acercó un poco más y la besó en los labios. El calor de su boca y la intimidad del contacto deberían haber asustado a Rena, pero ni se asustó ni se resistió. Ni siquiera podía pensar. Era como si su cerebro se hubiera desconectado de repente.

Tony se detuvo un momento para mirarla a los ojos. Y lo que vio en ellos le debió de gustar, porque la besó otra vez y con más pasión que antes. De hecho, introdujo una mano por debajo de la fina tela del camisón de Rena y empezó a subir, lentamente, hacia sus senos.

Rena se estremeció. Deseaba que le acariciara los pezones hasta volverla loca. Lo deseaba con todas sus fuerzas.

Siempre había adorado el sexo. Le encantaba la intimidad y la alegría de permitir que su cuerpo sucumbiera al placer. Era una de las muchas cosas que había aprendido de Tony, a quien entregó su virginidad. Además, en aquella época estaban tan enamorados que, naturalmente, no quería refrenar su deseo. Se entregaba a él sin reservas de ninguna clase. Como se había entregado más tarde a David, el segundo hombre de su vida.

Sus caricias la excitaron. Su contacto la atraía como si fuera un imán. Rena se arqueó contra él y sintió que sus pechos se habían vuelto más pesados.

Entonces, él le mordió el labio y susurró lo bella que era y lo mucho que deseaba tocarla.

Rena le dio permiso con un suspiro.

La mano de Tony se cerró sobre un pecho por encima del camisón. Le frotó el pezón de arriba abajo, lanzando olas de placer por el cuerpo de Rena, que sintió un calor intenso y deseó mucho más.

Ella notó el momento preciso de su erección. Lo notó porque sus besos se volvieron más apasionados y más exigentes. Sus lenguas se encontraron a medio ca-

mino y se arrojaron a una búsqueda incesante de satis-
facción.

Pero la mente de Rena, que no estaba tan decidida
como su cuerpo, se interpuso e interrumpió el juego
erótico.

–Piensas demasiado –dijo él sin dejar de acariciar-
la.

–Uno de los dos tiene que pensar.

–Ya te he dicho que no voy a mantener el celibato
durante nuestro matrimonio. Si creyera que no estás
preparada, me retiraría; pero la mujer a quien estaba
besando no ha protestado en ningún momento… Un
segundo más y nos habríamos quitado la ropa y habríamos disfrutado del contacto de la piel. Sé que tú lo deseas tanto como yo.

Rena sabía que estaba en lo cierto, pero insistió de
todas formas.

–Desear y querer no es lo mismo.

–No lo será para ti, pero lo es para mí.

Rena respiró hondo.

–No puedo olvidar quién eres. No puedo olvidar lo
que me hiciste. Mi corazón está vacío en lo que a ti respecta.

–Eso ya me lo habías dicho, Rena… –le recordó–.
Pero es agua pasada. No puedo cambiar el pasado.

–Lo sé, y yo no puedo cambiar lo que siento. Puede que te desee, pero no me tendrás nunca. No puedo
amarte otra vez. No me enamoraré de ti. Nunca serás
propietario de mi corazón.

–En eso somos diferentes. Yo solo te pido que me
seas leal.

Rena se quedó atónita.

—Me conoces muy bien, Tony. Sabes que yo jamás consideraría la posibilidad de acostarme con otra persona…

—Ni yo, aunque tú no lo sepas. Pero soy un hombre y tengo necesidades físicas; y puesto que estamos casados y nos gustamos, no hay motivo alguno por el que no podamos hacer el amor —dijo.

—¿El amor? Eso es sexo, no amor.

Él le acarició el cabello.

—¿Y qué tiene de malo el sexo?

Ella no dijo nada.

—Vamos, Rena, ya me has dicho lo que querías decir. Y te entiendo. No me amas, pero deseas mi cuerpo.

—¡Yo no he dicho eso!

—¿Ah, no? —preguntó con inocencia fingida.

Tony la besó apasionadamente y ella se dejó llevar sin resistencia alguna.

—Tócame —continuó él.

Rena le pasó una mano por los hombros y la llevó a su pecho, donde jugueteó con uno de sus pezones. Después, tentada por la perfección de Tony y por sus gemidos de placer, empezó a bajar. Él tenía razón. Lo deseaba. Era tan evidente que los recuerdos eróticos del pasado interrumpían sus pensamientos en los momentos más inoportunos y la excitaban.

Recordaba lo que había sentido con él, la intensidad de su experiencia amorosa, lo satisfecha que quedaba al final. Además, el Tony adulto era aún más seductor que el Tony adolescente. Sabía dar y recibir placer. Y no había perdido la capacidad de conseguir que se sintiera especial y querida.

Llevó una mano a la cinta elástica de sus calzoncillos y se detuvo unos segundos, insegura otra vez.

–Sigue, Rena. Los dos lo necesitamos.

Rena metió la mano por debajo de la tela y la cerró sobre su dura y suave erección, que la excitó un poco más.

–Te deseo –dijo él con voz ronca.

Tony besó nuevamente sus labios e insistió en la caricia hasta que las dudas de Rena desaparecieron y empezó a mover la mano con dedos temblorosos.

–Yo… yo no…

–Ahora estamos juntos, Rena. Somos marido y mujer.

Rena terminó de aceptar su destino.

–Lo sé.

Él se quitó los calzoncillos y Rena le volvió a poner la mano entre las piernas.

Tony tenía una vitalidad que había echado enormemente de menos durante los meses anteriores. Llenaba el vacío que sentía en su interior desde la muerte de David. Satisfacía su deseo de volver a vivir.

Lo masturbó hasta que su instinto, o tal vez su experiencia, le dijo que estaba a punto de llegar al clímax. Entonces, él la tumbó de espaldas y, con un rápido movimiento, le quitó el camisón por encima de la cabeza. Sus besos la quemaban y sus caricias la volvían loca. Su voz, baja, sonaba consumida por la pasión.

–Eres tan bella como recordaba…

Le succionó los pezones, una y otra vez, logrando

que hasta la última terminación nerviosa de Rena gritara de necesidad. Ya no pensaba. Ya no dudaba. Solo quería dejarse llevar y disfrutar del presente.

Tony le acarició todo el cuerpo y, por fin, se detuvo entre sus piernas.

Rena se arqueó contra su mano.

—Estás preparada para mí, cariño.

Tony se puso sobre ella, que lo miró entre las imágenes del pasado que cruzaban por su mente. Habían hecho el amor, de esa misma forma, en infinidad de ocasiones. Pero entonces estaban enamorados y ella ardía en deseos de demostrar lo que sentía por él.

Tony la miró a los ojos y Rena supo que estaba pensando lo mismo. También se había acordado del pasado.

Le separó los muslos, dispuesto a penetrarla. Ella cerró los ojos con fuerza.

—Mírame, Rena —ordenó.

Rena lo miró.

—Tony...

Él asintió, aparentemente satisfecho, y la penetró con suma suavidad. Rena se ajustó a su tamaño y lo acomodó en su interior. Poco después, sus acometidas crecieron en potencia y sus cuerpos se entregaron al calor y la pasión que ella no había olvidado nunca.

Tony le hizo el amor con tanto cariño como energía, satisfaciendo completamente sus necesidades, dando y recibiendo al mismo tiempo, sutil a veces y feroz en otras.

Era el amante perfecto. Eso tampoco había cambiado.

Y durante todo el proceso, Rena le entregó su cuerpo y su deseo sin dar rienda suelta a sus emociones.

Solo era sexo, se decía.

Luego, cuando Tony la llevó al orgasmo y le regaló oleada tras oleada de placer, ella pasó los brazos alrededor de su cuello y se arqueó. Su carne y sus huesos eran del hombre con quien se había casado. Pero su corazón seguía intacto.

Tony la abrazaba con fuerza. Estaban en silencio, sumidos en sus respectivos pensamientos, después de haber hecho el amor.

No había estado con una mujer en muchos meses, y su orgasmo había sido increíblemente poderoso. Además, Rena había respondido como siempre, abandonándose sin reserva alguna. Al menos, su cuerpo había reaccionado como él esperaba. Sabía lo que le gustaba y sabía cómo satisfacerla. A fin de cuentas, había sido su primer amante. Un hombre no olvidaba la forma de dar placer a su mujer.

Pensó en lo jóvenes e inocentes que habían sido. Pero él también era un rebelde que odiaba estar a la sombra de su padre y que no quería trabajar en el negocio de la familia, sino ser piloto de carreras. Nunca había tenido intención de abandonar a Rena. Simplemente, pasó. Y fue tan feliz en su profesión como infeliz en su vida privada.

Las mujeres se empezaron a agolpar en su puerta en cuanto ganó el campeonato y se hizo famoso. Lo seguían de carrera en carrera. Lo llamaban y aparecían cuando menos lo esperaba. Mujeres preciosas, increíblemente bellas y sensuales. Pero no se había enamorado de ninguna. Había tenido aventuras y algunas relaciones que nunca duraban más de un par de meses, pero nada más.

En realidad, echaba de menos a Rena. Aunque sabía que la había perdido y que ya no la podría recuperar.

Contempló su cara, relajada y tranquila, y se sintió culpable. Había cumplido la promesa que le había hecho a David, pero no dejaba de pensar que, unos meses antes, su amigo estaba vivo y vivía feliz con la mujer de quien se había enamorado.

Rena siempre había estado entre ellos. Tony sospechaba que David sentía algo por ella desde su adolescencia, y que se había mantenido al margen porque entendía que Rena no era para él. Pero más tarde, cuando Tony se fue, David se acercó a la mujer que amaba en secreto, como un caballero andante dispuesto a rescatarla.

Y ahora, Tony y Rena habían consumado un matrimonio sin amor.

Carcomido por el sentimiento de culpa e irritado por ello, se levantó de la cama y declaró de repente:

—Me voy a duchar. Después, me gustaría ver tus libros.

Rena le lanzó una mirada breve.

—Yo prepararé el desayuno.

—No tengo hambre. Solo necesito un café. Nos reuniremos en el despacho cuando te hayas vestido.

Rena asintió sin mirarlo.

Tony se duchó rápidamente, abrió una de sus bolsas de viaje y se puso unos vaqueros, una camiseta negra y unas zapatillas blancas de deporte.

Cuando llegó a la cocina, lo primero que notó fue el olor a café. En lugar de saludar a su flamante esposa, salió a la terraza y cerró la puerta a sus espaldas. El aire del norte de California era fresco y agradable. En el cielo, completamente despejado, se veían algunas nubes de aspecto sedoso.

Respiró hondo varias veces, llenándose los pulmones. Las vistas de los viñedos le parecieron gloriosas. Y le pareció irónico que, de joven, no hubiera sido capaz de apreciar la belleza y la soledad de aquel sitio.

Pero ahora tenía una vida nueva. Una vida que no estaba sometida a las exigencias de Santo Carlino.

Tony entró en el despacho, adjunto a la tienda de Purple Fields. Echó un vistazo a su alrededor y vio dos armarios altos, un ordenador algo antiguo, una mesa que había visto tiempos mejores y unos cuantos estantes con premios de concursos vinícolas, diversos certificados y algunas fotografías de Rena y de David.

Se acercó a los estantes y alcanzó una de las fotos. Rena y David aparecían sonrientes, entre unas viñas.

–Fue un buen año para el cabernet. Nuestro quinto aniversario de bodas –declaró Rena a su espalda.

Tony se giró. Rena llevaba una taza de café, que dejó en la mesa.

–Parecías feliz…

–David me había preparado una cena esa noche. Comimos en el patio y bailamos a la luz de la luna.

Tony devolvió la fotografía a su sitio.

–Gracias por el café.

Ella se encogió de hombros.

–De nada… Los libros de contabilidad están en los armarios.

Tony alcanzó la taza y bebió un poco. El café estaba delicioso.

–Empezaré con los del año pasado e iré retrocediendo en el tiempo.

–Muy bien. Te los buscaré.

–¿Todo está en papel? ¿No tienes la contabilidad en el ordenador?

Rena miró el ordenador.

–Bueno, ya hemos informatizado el inventario, pero los libros de contabilidad… Me temo que David no pudo llegar muy lejos con ellos.

Tony se sentó a la mesa y encendió el ordenador.

–Dime dónde están los archivos que metió.

Rena se acercó y le mostró las carpetas donde estaban.

–¿Qué es eso? –preguntó él.

Ella lo miró con perplejidad.

–¿Qué es qué?

–Hueles maravillosamente…

Rena sonrió.

–Es champú de limón.

Tony la miró a los ojos y la acarició con dulzura.

–Rena… sobre lo de esta mañana…

Ella sacudió la cabeza.

–No digas nada, Tony. No puedo evitar lo que siento.

–¿Y qué sientes?

Ella dudó unos segundos antes de responder.

–Siento que he vendido mi alma al diablo.

–¿Al diablo?

Rena no dijo nada. Y él prefirió dejarlo pasar.

–¿Te encuentras bien físicamente?

–Sí, sí... iré al médico la semana que viene, pero estoy bien.

Rena le mostró los archivos que David había llegado a meter en el ordenador; pero al llegar a uno que se llamaba «Viña a viña», quiso borrarlo.

–No te preocupes por este archivo. No es importante.

–Espera, espera... ¿Qué es?

–Nada, en serio.

–Si quieres que te ayude, necesito verlo todo –insistió.

–No tiene nada que ver con la contabilidad de Purple Fields, Tony. Confía en mí... No es importante –repitió.

–Entonces, ¿por qué te niegas a que lo vea?

Rena se apartó y lo miró con enojo.

–¡Maldita sea, Tony! Solo es una historia que yo estaba escribiendo.

–¿Una historia? –preguntó, sorprendido–. ¿Y de qué trata?

–De una chica que crece en tierras de vinos.

–¿Es autobiográfica?

–No, es una novela, ficción... Aunque supongo que contiene mucho de lo pienso y siento sobre este lugar. En cierta forma, se podría decir que es una guía de vinos explicada desde una perspectiva diferente. Una metáfora entre la conversión de una niña en mujer y...

—¿Y el crecimiento de las viñas? —la interrumpió—. Creo que la idea me gusta. Al fin y al cabo, las viñas necesitan afecto, cuidados, amor.

—Sí, es algo así.

—¿Y no la has terminado?

Ella sacudió la cabeza.

—No, me había olvidado de ella. Tengo demasiadas cosas que hacer y nunca encuentro el momento oportuno para seguir.

—Puede que ahora tengas tiempo...

Rena lo miró fijamente.

—Ahora estoy más preocupada en salvar mi bodega.

Tony volvió a mirar la pantalla del ordenador. Al menos, había conseguido que Rena no borrara el archivo de la novela.

—En eso estamos de acuerdo. Es nuestra prioridad absoluta. Tenemos la encontrar la forma de salvar Purple Fields.

Rena entró en la tienda por la puerta que daba al despacho, dejando a Tony en el ordenador. Le había dado todos los archivos, había contestado a sus preguntas y lo había dejado tan concentrado en la contabilidad que ya ni siquiera notaba su presencia.

La visión de su pequeño tesoro de chucherías y objetos de regalo la animaba siempre. Disfrutaba ordenando las estanterías y colocando los productos de tal manera que resultaran atractivos para los clientes. La tienda no daba muchos beneficios, pero servía como complemento de la bodega y aumentaba el interés por Purple Fields.

Rena suspiró con alivio.

Por primera vez en mucho tiempo, el peso de la propiedad había dejado de descansar completamente sobre sus hombros. Ahora tenía a Tony y estaba convencida de que su esposo encontraría el modo de salvar la bodega y asegurar, al mismo tiempo, el futuro económico del bebé.

Pero salvar la bodega le había salido muy caro. Se conocía y sabía que, de no haber sido por la promesa que le había hecho a David, se habría rendido y habría vendido Purple Fields para empezar de nuevo en otra parte. Ahora, en cambio, estaba atada a Tony Carlino. Y eso la ponía de los nervios.

No quería disfrutar entre sus brazos como lo había hecho. No quería admitir que le encantaba hacer el amor con él y que se entregaba a él sin dudarlo un momento, dominada por sus emociones.

Odiaba sentirse así. Había sobrevivido a Tony durante doce años, pero él había vuelto y tenía intención de quedarse.

Solena entró en la tienda en ese instante e interrumpió sus pensamientos.

—Veo que te has levantado pronto…

Rena sonrió.

—Es un día como cualquier otro.

Solena la miró con curiosidad.

—¿En serio? Te casaste hace dos días.

–¿Solo dos? Me parece que ha pasado un siglo –bromeó.

–¿Tan mal te ha ido?

Rena miró la puerta del despacho.

–No me debería quejar. Tony está en el despacho, echando un vistazo a los libros de contabilidad. Cumplirá su parte del trato.

Solena se metió detrás del mostrador.

–¿Y tú? ¿También lo vas a cumplir?

Rena bajó la mirada.

–Lo estoy intentando con todas mis fuerzas –contestó–. Jamás pensé que acabaríamos juntos. No de esta forma.

–Tony es un hombre encantador y muy guapo, Rena.

Los ojos de Rena se llenaron de lágrimas.

–David también lo era.

Solena salió del mostrador y la abrazó.

–David es el pasado, amiga. Sé que suena duro, pero es verdad. Tienes que olvidarlo y seguir adelante.

–Pero me siento tan culpable…

–Recuerda que fue David quien quiso que te casaras con Tony.

–A veces le odio.

–¿A David?

–No, a Tony –respondió en voz baja–. Aunque tampoco me gusta que David me pusiera en esta situación.

–Lo hizo por ti.

Rena sacudió la cabeza.

–En este asunto hay algo más, Solena. Debería habértelo dicho antes.

Solena entrecerró los ojos.

–¿Qué pasa?

Rena dudó.

–Estoy embarazada.

Solena soltó un suspiro de alivio.

–¿Embarazada? Oh, Dios mío… por un momento, me habías asustado. Pensé que pasaba algo malo de verdad. ¡Es una noticia magnífica!

Solena la abrazó con fuerza y Rena derramó una lágrima.

–Lo sé, lo sé. Y estoy muy contenta, pero seguro que ahora entiendes mi inseguridad…

–Lo entiendo de sobra, pero vas a traer una vida nueva al mundo… Oh, Rena… me alegro mucho por ti.

Rena volvió a mirar la puerta del despacho.

–Debería ser David quien criara al niño. No Tony.

–Pero eso es imposible. Por mucho que lo desees, no puedes cambiar lo que pasó. Aunque hay que ser muy hombre para criar al hijo de otro… ¿Tony lo sabe?

–Sí.

–Y estás resentida con él.

–Sí, lo estoy. Por muchos motivos. Y tengo tanto miedo…

Solena la miró fijamente.

–¿Miedo? ¿De Tony?

Rena sacudió la cabeza.

–No, no tengo miedo de Tony, sino de mí misma. Miedo de perdonar –respondió con sinceridad–. No quiero olvidar la desesperación y el dolor que me causó. No quiero perdonarlo nunca, de ninguna manera.

***

Tony dedicó la mañana a cargar la contabilidad de Purple Fields en una base de datos. Pero su primera decisión en la bodega de Rena fue comprar un ordenador nuevo. Aunque no era un genio de la informática como su hermano Joe, comprendía la importancia de contar con equipos suficientemente modernos.

Rena apareció en el despacho con un plato de comida.

—Es más de la una y no has comido —dijo.

Tony miró la hora y se recostó en la butaca.

—No me había dado cuenta.

Ella dejó el plato en la mesa.

—Es un simple bocadillo de jamón y queso. Pero he dejado preparada una ensalada con pollo, así que prefieres cambiar de menú…

Tony alcanzó el bocadillo y pegó un bocado.

—No, esto está bien. ¿Tú no comes?

—Solena y yo hemos tomado algo antes. Me ha estado cuidando desde la muerte de David. Es una mujer encantadora… siempre comemos juntas.

—¿Y Ray?

—Raymond desayuna tan fuerte que se salta la comida.

—¿Tienes tiempo?

—¿Para qué?

—Para que te sientes conmigo un rato, mientras como. Me vendría bien un poco de compañía —le confesó.

Él se levantó de la butaca y se la ofreció. Rena aceptó el ofrecimiento tras una duda inicial y Tony se apoyó en el borde de la mesa.

–¿Qué tal tu día?

–Bien –respondió ella–. A las once estuve con un grupo de clientes y les vendí varias cajas de vino. ¿Quieres beber algo?

–Luego me tomaré una cerveza. La necesitaré.

Ella ladeó la cabeza y lo miró con curiosidad.

–¿Por qué? ¿Demasiadas cifras?

–Sí. No estoy acostumbrado a estar tanto tiempo delante de un ordenador. Tengo la sensación de que me voy a quedar sin vista.

Rena rio.

–Sé lo que quieres decir.

A Tony le encantó el sonido de su risa.

–¿Ah, sí?

–El exceso de números te puede sacar de quicio…

Tony sonrió.

–A mí ya me ha sacado –declaró–. Por cierto, gracias por el bocadillo.

–De nada.

–Vas a necesitar un ordenador nuevo. El tuyo es demasiado viejo.

Rena se quedó boquiabierta.

–¿Un ordenador nuevo? No me puedo permitir el lujo de…

–No te lo podías permitir –puntualizó él–. Pero ahora, puedes.

–¿Y me necesitas para eso?

–Sí, necesito que me des tu opinión. Si quieres, podemos ir en coche a alguna localidad alejada para que nadie nos reconozca; aunque por otra parte...

–Sí, quiero.

El ego de Tony se sintió herido. Le había prometido un matrimonio secreto, pero no estaba acostumbrado a que las mujeres no quisieran que las vieran con él. Normalmente, deseaban justo lo contrario.

–De acuerdo –dijo con irritación.

–¿Y bien? ¿Qué vas a hacer con los libros?

–He grabado la información en un CD. Se lo llevaré a Joe para que le eche un vistazo. Tengo mis sospechas, pero necesito saber lo que opina.

–¿Vendrás a casa esta noche?

El tono de Rena lo irritó un poco más.

–Sí, por supuesto que volveré.

Tony se acercó a ella, se inclinó y le dio un beso en los labios como recordatorio de lo que habían hecho la noche anterior.

–Tengo trabajo que hacer –continuó él con voz sensual.

Rena suspiró.

Tony sonrió y se alejó.

Le había prometido que no pasaría por su vida de puntillas y estaba decidido a cumplir su palabra.

Capítulo Ocho

Tony entró en la sede de Carlino Wines, un edificio de dos pisos, con más de un siglo de historia, que se encontraba en el corazón del valle de Napa. La vieja oficina exterior daba paso a una interior más moderna, de suelos de mármol y sillones de cuero. El edificio había pertenecido a un capitán de la marina mercante que se dedicaba a importar bebidas alcohólicas durante la época de la ley seca y que se quedó en la ruina cuando se levantó la prohibición.

Mientras cruzaba el vestíbulo, una pelirroja impresionante lo saludó desde el mostrador.

–Hola...

–Hola.

–Usted debe de ser Tony Carlino... Joe me dijo que iba a venir –La pelirroja se levantó de su silla–. Soy Alicia Pendrake, aunque me puede llamar Ali.

Tony le estrechó la mano.

–Encantado de conocerte.

–Soy la nueva secretaria de Joe. Hoy es mi segundo día de trabajo.

–Comprendo...

Tony la miró con curiosidad. Le extrañó que Joe no se lo hubiera comentado; sobre todo, porque Ali Pendrake era preciosa y parecía una supermodelo.

–Su hermano está dentro, trabajando con sus números, como siempre.

Tony rio. Aquella mujer tenía carácter.

–Gracias.

–Ha sido un placer, señor Carlino.

–Tutéame, por favor. Y llámame Tony.

Él siguió adelante y entró en el despacho de Joe, que estaba sentado al ordenador. Tras cerrar la puerta, dijo:

–¿Dónde has encontrado a esa belleza?

–¿A qué belleza? –replicó, sin apartar la vista de la pantalla.

–A Ali, tu secretaria nueva.

Joe frunció el ceño y se quitó las gafas.

–Nos conocimos en Nueva York el año pasado. Es muy eficaz.

–No lo dudo, pero ¿qué pasado con Maggie?

–La tuve que despedir. No hacía bien su trabajo… entonces me acordé de Ali, la llamé por teléfono y le ofrecí una indemnización a cambio de dejar el empleo que tenía y un adelanto del sueldo para que se pudiera instalar en Napa. Sinceramente, no crei que aceptara mi oferta –confesó.

–Pero la aceptó. ¿Así como así?

–Sí. Tuve suerte.

–¿Suerte? ¿Solo suerte? Joe, no sé si te has fijado, pero esa mujer es verdaderamente impresionante…

Joe se frotó la barbilla.

–Sí, supongo que es guapa.

–¿Lo supones? Hermanito, deberías cambiarte de gafas.

–Mis gafas están perfectamente, Tony. Además, no me interesa. Sabes de sobra que no quiero saber nada más de las mujeres. Después de lo que me pasó con Sheila, soy inmune a sus encantos.

–Ya, pero…

–Ali es una mujer inteligente y eficaz –lo interrumpió–. Hace su trabajo sin protestar y es muy organizada. Y ya sabes que la organización lo es todo para mí. Eso es todo.

Tony sonrió.

–Bueno, si tú lo dices…

–¿Qué querías? Cuando me llamaste, dijiste que necesitabas que te hiciera un favor.

Tony dejó el CD en la mesa.

–Necesito que compares estos datos de Purple Fields con los tuyos. He estado mirando los libros de contabilidad de Rena. Necesito la opinión de un experto.

–¿Para cuándo?

–Para hoy.

Joe metió el CD en el ordenador.

–Muy bien. Descargaré los archivos y te diré lo que opino.

–Excelente… Ah, ¿me los podrías copiar en otro CD? –preguntó–. Hay una cosa que quiero comprobar.

–Por supuesto.

Mientras Joe descargaba los datos en el CD, Tony dio una vuelta por las antiguas oficinas de Santo y reparó en los cambios que su hermano había hecho. Los equipos informáticos y el sistema telefónico eran aún más avanzados que antes. Obviamente, estaba decidido a que en Carlino Wines se dejara de usar papel.

Unos minutos más tarde, Joe le dio la copia.

–Aquí la tienes.

Tony la alcanzó.

–Gracias.

–¿Qué tal va la vida de casado?

Tony se encogió de hombros. Le habría gustado tener una respuesta, pero no la tenía.

–Es demasiado pronto para decirlo… Te veré después. No hagas plantes para esta noche, por favor.

Joe sacudió la cabeza.

–Descuida, solo pensaba trabajar.

–En ese caso, te veré alrededor de las seis.

Tony salió del edificio tras despedirse de Ali, que estaba tan concentrada en su trabajo como el propio Joe. Subió al coche, salió de la ciudad y ascendió por la colina que llevaba a la mansión de los Carlino. Al llegar arriba, saludó a Nick, que se marchaba en ese momento, acompañado por una mujer muy bella.

Entró en la casa, abrió el frigorífico, sacó una cerveza y echó un buen trago. Luego, con la cerveza en la mano, se dirigió a su ala de la mansión, entró en su despacho, se sentó a la mesa, encendió el ordenador y metió el CD.

No sabía si lo que estaba a punto de hacer era correcto; pero, tras echar otro trago de cerveza, dejó su indecisión a un lado y se dejó llevar por la curiosidad.

Buscó entre los archivos y encontró el que quería. La novela sin terminar de Rena Fairfield Montgomery apareció en la pantalla.

Para hacer un buen vino, se necesita un buen terroir; *en
el sentido de que la tierra, el clima y la topografía de la región
tengan una influencia particular en las uvas. Ningún vino
puede emular a otro si no tiene su* terroir. *Como sucede con
el ADN de las personas, cada vino tiene un carácter único.*

Supongo que yo nací en un buen terroir. *Mis padres
eran personas bien establecidas; ricas, no desde un punto de
vista económico, sino por su forma de vivir, por su vitalidad
y por su amor por la vinicultura. Mis raíces eran tan pro-
fundas y fuertes como bueno el viñedo de donde surgí. Siempre he estado agradecida por ello. Tuve el amor de dos de las
mejores personas del mundo. Qué más puede pedir una niña.*

*Mis padres, como la espaldera de una vid, me enseñaron
el camino; pero al final, el camino es cosa de cada uno. Ellos
me dieron protección y la fuerza que necesitaba. Al fin y al
cabo, todas las viñas tienen que soportar tormentas de vez en
cuando; tienen que aguantar vientos intensos y doblarse sin
llegarse a romper.*

*Recuerdo que, en cierta ocasión, cuando yo estaba en prees-
colar...*

Tony leyó el capítulo entero. Terminado el capítulo, hojeó los siguientes por encima y se detuvo en uno
que Rena había titulado «Vendimia y Maceración».

*La vendimia es la época cuando los vinicultores arran-
can las uvas con manos cuidadosas; se hace todos los años,
entre agosto y octubre, en función del tipo de uvas que se ten-
ga en el viñedo. En mi caso, la vendimia solo se hizo una vez.*

*Por entonces, yo tenía dieciséis años. Había dejado de ser
una niña y me había convertido en una adolescente que se*

encontraba en el otoño de su primer año en el instituto. Fue el momento en que me separé de los que me habían cuidado y criado hasta convertirme en una persona independiente. Fue el día en que conocí a mi primer amor, Rod Barrington.

Me enamoré de él a primera vista. Acababa de llegar al instituto, pero su familia era famosa en la zona. Todo el mundo conocía a los ricos Barrington, propietarios de la mayor propiedad del valle.

A medida que nuestra amistad crecía, mi amor por él también fue creciendo. Para una chica tan joven, el dolor de ser simplemente una amiga puede llegar a ser insoportable. No soportaba verlo con otras chicas, pero en el fondo de mi corazón albergaba la esperanza de que, algún día, se diera cuenta de que yo, Joanie Adams, era la persona adecuada para él.

Tony siguió leyendo y absorbiendo las frases de Rena Aunque había cambiado los nombres, era obvio que se refería a él y a su relación con ella. Y según leía, su sonrisa se iba debilitando. Siempre había sabido que le había hecho daño; pero hasta ese momento no había comprendido la profundidad de su dolor.

Cuando se separan las pieles, las semillas y los tallos de las uvas, llega el momento de la maceración. El claro mosto inicial se vuelve más intenso, hasta que el tiempo da forma al vino y determina su gusto y su tono.

Así me sentía yo con Rod. Cuanto más tiempo estaba con él, cuanto más directo era nuestro contacto, más lo amaba. Se podría decir que dio color a todos mis pensamientos y deseos. Era el hombre de mis sueños. Nos fundimos en todos los sentidos.

Tony leyó unas páginas más, sintiéndose culpable. Y cuando llegó al capítulo que se refería a la maculación por el corcho, supo lo que Rena quería decir.

A veces, el corcho contamina un vino y le da un sabor desagradable. El vino se estropea y ya no se puede salvar. Por suerte para los amantes de los caldos, son cosas que ocurren pocas veces; pero es muy triste cuando has dedicado mucho tiempo y esfuerzo a una simple botella.

El vino no debería dejarte nunca en la estacada. Ni la persona de la que te enamoras.

Tony se pasó las manos por la cara, incapaz de seguir leyendo. Pero una voz interna lo obligó a ahondar un poco más en los sentimientos de Rena. Tenía que saber lo que le había pasado cuando él se marchó.

Rod me llamó ayer por teléfono. Acababa de hacer su primera venta grande. El sonido de su voz me hizo daño y me sentí culpable por desear que fracasara en sus negocios y perdiera la posición que había conseguido en Nueva York. Por entonces, yo me enfrentaba al cáncer terminal de mi madre y le necesitaba con toda mi alma.

La historia de Rena terminaba abruptamente tras la narración de la muerte de su madre. Tony se quedó en la butaca, inmóvil, incapaz de reaccionar. Pero al cabo de un rato, se levantó. Había quedado con Joe a las seis en punto.

—¿Has descubierto algo inusual? —preguntó a su hermano cuando pasó a verlo.

–No, nada en absoluto. Aunque ahora sé hasta dónde llegó la falta de ética de nuestro padre... hizo daño a muchas personas.

Tony gimió.

–Maldita sea. Ya lo imaginaba, pero esperaba estar equivocado.

–Pues no lo estabas. Por lo que he podido deducir, papá vendió nuestros cabernet y merlot a precios más bajos que los del mercado para hundir Purple Fields. Nosotros producíamos cinco tipos de vinos diferentes, pero eligió los únicos que podían hacer daño a la bodega de Rena. Y no creas que se limitó a hacerlo una vez.... lo hizo durante diez años, a sabiendas de que él podía soportar unas pérdidas que serían definitivas para Purple Fields.

–Le dije a papá que los dejara en paz, pero no me hizo caso. Incluso es posible que los persiguiera especialmente por mi culpa.

Joe frunció el ceño.

–¿En venganza por lo que habías hecho? ¿Por dejar los viñedos y convertirte en piloto?

Tony asintió.

–No quería que tuviera éxito. Quería dictar mi futuro y le molestó mucho que me rebelara –respondió.

–Sí, ya sé que se enfadó. De hecho, tampoco estuvo muy amable conmigo cuando decidí marcharme. Yo tenía cabeza para los negocios, no para la vinicultura.

–Eres un genio de los ordenadores, Joe...

–Y estoy orgulloso de ello –afirmó–. Papá fue un hombre cruel. Sospecho que utilizó las mismas tácticas con muchas otras bodegas.

–No entiendo por qué. Ganaba millones. No necesitaba expulsar a la competencia.

–Obviamente, él no lo veía de la misma manera.

Tony soltó un suspiro de frustración.

–Al menos, ahora puedo hacer algo al respecto. Puedo renegociar esos contratos y dejar de vender vino por debajo del precio de mercado. Así no haremos daño a nadie… especialmente, a Purple Fields.

Joe asintió.

–Rena se alegrará.

–Sí, pero no servirá para resarcirla de las dificultades pasadas.

–Ya no te refieres a papá, ¿verdad?

Tony sacudió la cabeza.

–No, aunque también pienso hacer algo al respecto. Le guste o no.

–¿Vas a desenterrar el hacha de guerra? –preguntó con humor.

–Exactamente.

–Ah, antes de que lo olvide… alguien te llamó por teléfono hace un rato.

–¿Quién?

–Espera, lo tengo apuntado por aquí.

Joe buscó entre sus papeles y le dio el que había usado para apuntarlo.

–Era sobre los contratos que firmaste como piloto. Por lo visto, te han llamado a casa pero no te podían localizar.

Tony se guardó el papel en el bolsillo.

–Gracias. Me ocuparé de ello.

Tony pensó que ahora tenía otro motivo de preocupación, aunque el que llevaba en el bolsillo era el menos importante. Sabía lo que debía hacer para salvar Purple Fields, pero no estaba seguro de que pudiera reparar el daño que le había hecho a Rena.

Ya no se trataba de la promesa de David. Ahora quería salvar su matrimonio por motivos más egoístas. La lectura de aquella novela le había hecho recordar lo mucho que Rena había significado para él.

Subió al coche y, al salir de la ciudad, aceleró.

Necesitaba la adrenalina de la velocidad. La necesitaba para aplacar sus emociones, porque se estaba enamorando otra vez de Rena Fairfield.

Cuando entró en la casa, Tony notó el aroma que llegaba de la cocina. Rena estaba junto al fuego, dando vueltas al contenido de una cacerola; y no se percató de su llegada hasta que se puso tras ella, le pasó los brazos alrededor de la cintura y la besó en el cuello.

–Qué buen aspecto…

–Solo es un estofado.

–Me refería a ti.

Tony le arrancó un beso más y añadió:

–Estás preciosa cuando cocinas. Me encanta volver a casa y encontrarte aquí. Quiero encontrarte todas las noches.

Ella frunció el ceño y se apartó.

–No digas esas cosas.

–¿Por qué?

Rena no respondió.

–¿Porque las dije en el pasado y ya no me crees?

—Eres muy astuto.

—Y tú, muy obstinada.

Rena se encogió de hombros.

—¿Joe ha descubierto algo importante?

—Sí, pero cenemos primero.

—Si las noticias son malas, quiero saberlo de inmediato.

—Bueno, hay noticias malas y noticias no tan malas. Pero creo sinceramente que deberíamos comer antes de hablar.

Rena puso la mesa y sirvió dos platos de estofado. Mientras se sentaba, Tony la observó con detenimiento. Se había puesto unos vaqueros y una camisa de color azul eléctrico que combinaba muy bien con el color de sus ojos. No parecía una embarazada; salvo por el pequeño abultamiento de su vientre.

Al mirar a su esposa, sintió la necesidad de protegerla y de poseerla. Quería hacerle el amor hasta borrar toda sombra de dolor de su vida. Solo tenía treinta y un años y ya había perdido a sus padres y a un marido.

Cuando terminaron de cenar, Rena quiso recogerlo todo; pero Tony la tomó de la mano y declaró:

—Dejemos eso para más tarde. Ahora tenemos que hablar.

Ella asintió y lo siguió al salón, un lugar con una chimenea de piedra, un sofá y dos sillones de aspecto cómodo. Rena se sentó en el sofá y él se acomodó a su lado.

—Lo que tengo que decirte no es fácil… Joe y yo hemos estudiado los libros de contabilidad y hemos llegado a la conclusión de que nuestro padre manipuló los precios de algunos vinos durante muchos años.

–¿Quieres decir que mi padre tenía razón? ¿Que Santo vendía a bajo precio con intención de hundirnos?

Tony asintió.

–En efecto. Quería destruir Purple Fields; os quería sacar del negocio del vino, aunque tuviera que perder dinero.

Rena cerró los ojos durante unos segundos.

–Mi padre lo sabía, pero no tenía pruebas. Sus clientes se negaban a hablar… se limitaban a decir que habían encontrado vino a mejor precio. Hablaban muy bien de nuestra bodega, pero no compraban nada.

–No me extraña. Seguro que mi padre les pagó para que guardaran silencio.

Rena se levantó del sofá y empezó a caminar de un lado a otro.

–Mi madre estaba tan preocupada… adoraba Purple Fields. Ella y mi padre habían invertido todo su dinero en la bodega. Intentaba trabajar como siempre y disimular su preocupación, pero no conseguía engañar a mi padre.

Tony la dejó hablar.

–Es curioso. Los malos tiempos empezaron precisamente cuando tú y yo nos separamos y te fuiste de la propiedad de tu familia.

Tony decidió ser completamente sincero con ella.

–No creo que fuera una casualidad. Creo que mi padre os puso en la diana en venganza por mi marcha.

–Oh, Dios mío…

–Era un hombre cruel.

–¿Cruel? ¿Solo cruel? No sé si lo has pensado, pero el estrés que mi madre sufrió por su culpa fue lo que hizo que enfermara.

–Rena, no creo que…

Ella empezó a mover la cabeza en gesto afirmativo.

–Oh, sí… claro que sí. Mi madre gozaba de buena salud. Estaba perfectamente hasta que la bodega empezó a ir mal. Se preocupaba tanto que enfermó. Hasta los médicos decían que podía ser consecuencia del estrés.

Rena se puso roja de ira; tanto, que de repente anunció:

–Necesito salir. Necesito aire fresco.

Salió de la casa a toda prisa, cerrando de un portazo. Tony se quedó en el salón y se pasó una mano por el pelo.

–Maldita sea…

Había odiado a su padre muchas veces, pero nunca como entonces.

En los ojos de Rena había visto el destello del rencor y del desprecio. Ya había imaginado que reaccionaría mal cuando se contase, pero no sospechaba que culparía a su familia por la muerte de su madre.

Se preguntó si tendría razón.

Él no podía cambiar el pasado. Solo podía convencerla de que, esta vez, las cosas serían distintas.

Decidió concederle unos cuantos minutos de soledad antes de salir en su busca. Tenía que encontrar a su mujer y animarla.

Capítulo Nueve

Rena corrió por los campos. La luz dorada del sol, que se estaba poniendo, se reflejaba en las vides e iluminaba su camino.

Corrió hasta que su respiración se volvió demasiado pesada y los latidos de su corazón, demasiado rápidos.

Por fin, se detuvo abruptamente entre las viñas de uva cabernet, incapaz de dar otro paso. Se llevó las manos a la cabeza y rompió a llorar. Era como si estuviera reviviendo la muerte de su madre, de la dulce y valiente Belinda Fairfield, que no merecía sufrir tanto, que no merecía extinguirse poco a poco, hasta que estuvo tan débil que no se podía levantar de la cama.

Sus lágrimas cayeron sobre las hojas de las plantas y sus gritos se perdieron en el silencio del lugar.

Entonces, dos brazos fuertes la rodearon.

–Tranquila, Rena. No llores… lo arreglaré todo. Te prometo que lo arreglaré.

–No puedes –dijo entre sollozos.

–Puedo y lo haré. Lo haremos juntos.

Antes de que Rena pudiera replicar, Tony le pasó un brazo por debajo de las rodillas, le puso el otro bajo los hombros y la levantó.

–Agárrate a mí. E intenta tranquilizarte.

Rena le pasó los brazos alrededor del cuello y cerró los ojos.

Tony caminó por el viñedo, sosteniéndola con cuidado. La noche ya había caído y solo se oía el crujido ocasional de alguna hoja cuando él la pisaba.

Rena siguió con los ojos cerrados hasta que llegaron a la puerta de la casa. Él se dirigió directamente al dormitorio principal; una vez allí, la dejó en la cama, se sentó a su lado y la volvió a abrazar.

—Me quedaré contigo hasta que te quedes dormida.

Rena lo miró a los ojos.

—Te odio, Tony.

Él le apartó el pelo de la cara y le dio un beso en la frente.

—Lo sé.

La dulzura de aquel beso agrietó las firmes defensas de Rena. Tony le quitó los zapatos e hizo lo propio con sus zapatillas. A continuación, le quitó la ropa, se tumbó con ella y la tapó con la sábana.

—Debes saber que mi presencia aquí no se debe únicamente a la promesa que le hice a David —declaró él—. Estoy aquí por un motivo más profundo. Y creo que lo sabes.

Rena se estremeció, confusa. Quería apartarse de él y rechazar su calor y su consuelo. Quería olvidar las palabras que acababa de oír, hacer caso omiso de lo que significaban. Pero, al mismo tiempo, necesitaba sentir los brazos de Tony a su alrededor.

Se preguntó si estaba siendo débil.

O simplemente, humana.

–Buenas noches, Rena. –Tony le dio un beso en los labios–. Que duermas bien.

Rena durmió a pierna suelta hasta las tres de la madrugada, cuando se despertó, Tony ya no estaba a su lado.

Sintiendo curiosidad, se puso la bata y salió al corredor. Lo encontró despatarrado en el sofá del salón, con los ojos cerrados. Y estaba magnífico. Su bella cara, su pecho desnudo y su largo e increíble cuerpo eran más de lo que una mujer podía desear.

De repente, sintió un escalofrío. En el salón hacía fresco, de modo que alcanzó el mantón que tenía en el respaldo de una silla y se lo puso a Tony por encima, con cuidado de no despertarlo.

Pero estaba despierto.

–No te vayas.

Rena, que ya se disponía a marcharse, se llevó una sorpresa.

–Pensé que estabas dormido…

Tony se sentó en el sofá y se pasó una mano por el pelo.

–Estaba en duermevela.

–Espero no haberte molestado…

Tony rio.

–Claro que me has molestado.

Rena parpadeó, asombrada.

–Dormir a tu lado es muy difícil, Rena… –Tony sacudió la cabeza como para despabilarse–. No pretendo ofenderte, pero eres toda una tentación.

–Ah… –dijo, atónita.

–No debería sorprenderte que te desee.

Ella se puso tensa.

–Quizás deberías dormir en otra habitación.

Tony la tomó de la mano y tiró de ella de tal manera que Rena acabó sentada en su regazo sin poder hacer nada por impedirlo.

–No, en absoluto… yo tengo una idea más interesante. Quizá debería hacer el amor con mi flamante esposa.

–Oh…

–Te deseo.

Él le desabrochó el cinturón de la bata y se la apartó, revelando el sostén y las braguitas, que se había dejado puestas.

–No me puedes culpar por desearte –continuó.

–No, pero puedo por otros muchos motivos.

–Ya lo sé, corazón. Y lo comprendo.

–¿Lo comprendes?

–Por supuesto que sí. Y me gustaría resarcirte. Si me lo permites, claro.

Tony le puso una mano en la nuca y la besó en la boca.

–Deja que borre tu dolor. Deja que te ayude, mi dulce Rena. Has sufrido demasiado.

–Oh, Tony…

Rena deseó dejarse llevar y aceptar su deseo y su cariño, pero se sentía insegura. No sabía qué hacer.

–La decisión es tuya, Rena.

Ella pensó en los buenos tiempos que habían pasado, en todas las risas y en toda la pasión que habían compartido. Por mucho que intentara olvidarlo, volvían a su memoria cada vez que Tony la tocaba.

–Quiero que el dolor desaparezca –dijo en voz baja.

–Pues deja que te ayude.

Ella cerró los ojos y asintió, aliviada.

–Sí.

Rena le empezó a acariciar el pecho, jugueteando con él; era increíblemente fuerte y poderoso. Pero quería más. Quería tocar todo su cuerpo.

Bajó la cabeza y le dio un beso largo, intenso y lento, dejando a un lado sus dudas. El cuerpo de Tony parecía sincronizado con el de ella. A cada una de sus caricias le correspondía otra. Cada vez que gemía, él también gemía.

A Rena le encantó; era la primera vez que tenía el control absoluto de la situación. Y Tony pareció comprender que lo necesitaba. De hecho, la animó con el destello de sus ojos.

–Soy tuyo –dijo.

Rena se dio cuenta de que su afirmación no era puramente sexual. Tony le estaba diciendo que era suyo en todos los sentidos.

Por desgracia, ella no sabía si podía decir lo mismo.

–Ya estás pensando otra vez –se burló él.

–¿Tanto se nota?

–Sí.

Rena se llevó las manos a la espalda y se desabrochó el sostén, liberando sus senos. Luego, dejó el sostén a un lado y apartó todos los pensamientos de su

120

mente; todos salvo los que se referían al momento inmediato, a lo que Tony y ella estaban compartiendo.

E hicieron el amor. Combinando ritmos tranquilos e intensos, salvajes y alocados. Dándose placer el uno al otro, sin restricciones, sin reservas.

Cuando Rena se sintió al borde del orgasmo, cambió de posición y se puso a horcajadas sobre él. Tony la guio durante el resto del trayecto, aferrado a sus caderas. Y ella se movió sin descanso, inflamada de deseo, borrando todo resto de pensamiento racional.

Tony no dejó de mirarla. Era el hombre al que siempre había deseado, el hombre al que estaba destinada. Había vuelto a su vida de repente y todavía no podía confiar en él; pero cada vez que estaban juntos, sus barreras se derrumbaban un poco más.

Al cabo de un rato, Rena soltó un gemido. Ya no podía contener el orgasmo.

—Déjate llevar… —la animó Tony.

Y se dejó llevar. Hasta un clímax tan fuerte que gritó su nombre con desesperación, mientras él seguía con las acometidas hasta deshacerse en ella.

Entonces, Rena se tumbó en la cama y Tony la abrazó con cariño.

—¿Aún me odias?

—Sí —contestó con firmeza—. Pero no tanto como antes.

Tony soltó una risita.

—En tal caso, tendré que hacer algo al respecto.

***

Durante la semana siguiente, Tony dedicó sus días a intentar salvar la bodega de Rena. Hizo varias llamadas desde las oficinas de Carlino Wines y se reunió con sus clientes en persona para explicarles la nueva política de precios. A Tony le gustaba ganar, pero no a expensas de otros ni con juego sucio.

Con ayuda de Joe, trazaron un plan para que Carlino Wines mantuviera su posición dominante en el mercado sin destrozar a las bodegas más pequeñas.

A diferencia de Santo, ellos no sentían la necesidad de aplastar a la competencia. Se podían concentrar en algunos tipos de vino y dejar el resto para los demás. Así, la situación sería beneficiosa para todo el mundo.

Una tarde, satisfecho con lo que había conseguido hasta el momento, Tony recogió los documentos que estaban sobre la mesa y se levantó. Ardía en deseos de ver a Rena. Poco a poco, estaba logrando que se relajara y que se acostumbrara a su presencia en Purple Fields. Empezaba a sonreír más a menudo y a sentirse menos culpable.

Adoraba levantarse por la mañana y encontrarla a su lado, con el pelo revuelto y una sonrisa en los labios, después de una larga noche de amor. Aún quedaban restos de tristeza en sus ojos, pero estaba convencido de que desaparecerían con el tiempo y de que, al final, lo aceptaría como esposo y como padre del bebé que estaba esperando.

–¿Puedo entrar?

Tony se giró al oír la voz de Ali y pensó lo que pensaba siempre cuando la veía. Le parecía increíble que

Joe no estuviera interesado en aquella mujer tan asombrosamente bella, sensual y capaz.

–Sí, por supuesto –declaró con una sonrisa.

–Ben Harper está al teléfono… dice que es tu agente y que es importante. Lo tienes en la línea uno –explicó.

La sonrisa de Tony desapareció.

–Muchas gracias, Ali. Hablaré con él desde aquí.

Ali salió del despacho y cerró la puerta.

–Hola, Ben.

–Hola, Tony.

Su agente estaba enfadado con él porque le había llamado varias veces y no le había devuelto las llamadas. Tony cerró los ojos y soportó su reprimenda en silencio.

–Sabes perfectamente que firmaste un contrato. Y no eres el único que se juega el cuello, Tony… yo también me lo juego.

–Ahora no puedo hablar contigo. No es un buen momento.

–Eso es lo mismo que me dijiste hace dos meses. Te concedieron un aplazamiento por la muerte de tu padre y por las heridas que sufriste en el accidente, pero ya no me los puedo quitar de encima. Amenazan con llevarte a los tribunales –le advirtió–. Tienes que darme algo, Tony. Ahora.

Tony suspiró. Su agente estaba en lo cierto. Su contrato con EverStrong Tires estaba en vigencia.

–¿De cuánto tiempo estamos hablando?

–De una semana. Lo justo para grabar un anuncio.

–¿Y cuándo quieren que empiece?

–Ayer.

–Convéncelos para que sea la semana que viene, Ben. Te prometo que lo haré lo mejor que pueda.

–Pero será mejor que estés allí, Tony. Has tensado la cuerda en exceso. Y no olvides que te esperan en la Dover International Speedway para una entrevista.

–Allí estaré.

–Te llamaré para darte los detalles.

–Qué remedio.

Tony colgó el teléfono y empezó a caminar por el despacho, sacudiendo la cabeza. Las cosas con Rena habían mejorado y quería que siguieran así.

Sin embargo, estaba seguro de que Rena se enfadaría cuando lo supiera. Odiaba las carreras y todo lo que estuviera relacionado con ellas. Tony la comprendía perfectamente, pero no se podía permitir el lujo de que EverStrong Tires lo denunciara y, por otra parte, echaba de menos el mundo de la competición; aunque había tomado la decisión de dejarla definitivamente, llevaba los coches en la sangre.

Pero esta vez era diferente. Esta vez, Rena y el hijo que esperaba eran su prioridad absoluta. Tony estaba comprometido con su matrimonio y decidido a obtener de ella el mismo grado de compromiso.

Salió del despacho y condujo hasta Purple Fields, ansioso por ver a su mujer. Rena estaba en la cocina, terminando una conversación telefónica. Tony se acercó por detrás mientras ella colgaba el aparato y le pasó los brazos alrededor del estómago.

–¿Con quién hablabas? –le preguntó.

–Con el médico. Tengo una cita mañana.

—¿A qué hora vamos?

Rena se giró entre los brazos de Tony.

—¿Vamos? No puedes venir conmigo.

Él parpadeó.

—¿Por qué no?

—Ya lo sabes.

Tony frunció el ceño.

—No, no lo sé. Dímelo tú.

Ella rompió el contacto y se encogió de hombros.

—Porque este es el hijo de David.

—¿Y qué?

—Nadie sabe que estamos casados. ¿Qué pensarían si me presento en la consulta contigo? —preguntó.

Tony se armó de paciencia y habló despacio.

—Pensarían que un buen amigo ha decidido acompañarte.

—No, no… no es posible. Iré con Solena.

—No. Irás conmigo.

Rena cerró los ojos y Tony respiró hondo un par de veces y añadió:

—Puede que haya llegado el momento de hacer público nuestro matrimonio. Así tendrías un motivo de peso para aparecer en la consulta conmigo.

Ella sacudió la cabeza.

—No estoy preparada para eso.

—¿Por qué, Rena? ¿Por qué no ponemos punto final a esta farsa? Estamos viviendo juntos. Estamos casados… deja de preocuparte por lo que la gente piense o deje de pensar. No es asunto suyo. Es asunto nuestro, de nuestra vida, de nuestra familia.

—No es tan fácil.

Tony la miró fijamente.

–Ah, comprendo… te refieres a que no estás preparada para aceptarme como tu esposo. Y mientras nadie sepa que nos hemos casado, podrás fingir que no lo soy. Podrás seguir en tu mundo, sin afrontar la realidad.

Rena no se molestó en negarlo.

–Dile a Solena que mañana irás conmigo. Hice una promesa a David y no la voy a romper –sentenció.

En realidad, Tony no quería ir con ella por la promesa de David, sino simplemente porque deseaba estar a su lado. Le quería ofrecer su apoyo y su cariño.

Con el transcurso de los días, había descubierto que su deseo de estar con ella no tenía nada que ver con su viejo y difunto amigo.

–Todo va bien, Rena. El niño goza de buena salud –dijo el doctor Westerville, sonriendo.

–Gracias, doctor.

Rena se sentó en la camilla y suspiró, aliviada. El médico terminó de revisarla y le recordó lo que debía y lo que no debía hacer durante el embarazo. Le pidió que hiciera más comidas y más cortas, que llevara una dieta saludable y que se mantuviera activa, pero sin demasiados esfuerzos físicos.

Rena asintió. Había cumplido sus recomendaciones a rajatabla desde el principio e incluso antes de ir a su consulta por primera vez; porque, en cuanto supo que se había quedado embarazada, se dedicó a leer todo lo que pudo sobre la gestación.

—Le diré a su amigo que ya puede entrar —declaró el médico.

Rena sonrió con timidez.

El médico abrió la puerta y Tony entró en la consulta. Rena había intentado convencerlo de que se quedara en casa, pero él había insistido en acompañarla.

Tony dio un par de pasos y la miró con ansiedad.

—El niño está bien, no te preocupes —le dijo Rena—. Doctor Westerville, le presento a Tony Carlino, un buen amigo de David.

El doctor le estrechó la mano.

—Encantado de conocerlo, señor Carlino. He sido seguidor suyo durante muchos años.

Tony asintió.

—Gracias.

—A decir verdad, todos los vecinos son seguidores suyos desde que empezó a pilotar... —declaró con humor.

—Sí, me apoyaron mucho y lo agradezco sinceramente, pero ya estoy retirado. He vuelto para quedarme. Rena es amiga de la familia y quiero ayudarla en todo lo que pueda.

—Bueno, no se preocupe por ella. Está bien y no creo que surjan complicaciones —declaró, girándose hacia Rena—. Me alegra saber que tiene un buen amigo a su lado, señorita Fairfield... dentro de uno o dos meses, le daré algunas recomendaciones sobre las clases preparto; pero de momento, limítese a seguir mis indicaciones.

—Lo haré.

–¿Aún dirige la bodega?

Rena asintió.

–Sí. Le prometí a David que me encargaría de Purple Fields... aunque no necesitaba pedírmelo. Esa bodega es mi vida.

–Me parece muy bien, pero tendrá que tomárselo con calma durante los últimos meses de embarazado. Si es posible, delegue responsabilidades y...

–Descuide, yo me encargaré de eso –lo interrumpió Tony–. Me aseguraré de que se lo tome con calma.

El doctor los miró a los dos con curiosidad y sonrió con calidez. Rena maldijo a Tony para sus adentros.

–Bueno, nos veremos el mes que viene. Sé que su marido estaría orgulloso de usted y de que se alegraría de saber que no está sola –el doctor Westerville miró a Tony y le volvió a estrechar la mano–. David era un buen nombre y, por lo visto, sabía elegir a sus amigos.

Cuando salieron de la consulta, Rena lanzó una mirada helada a Tony.

–Tengo que vestirme –bramó.

–Te ayudaré –dijo él, sonriendo.

–Ni se te ocurra.

–Vamos, Rena... anímate. El bebé está bien y tú estás bien. Es una noticia excelente.

Rena suspiró. Tony tenía razón, pero su presencia la incomodaba.

–¿No comprendes que esto es difícil para mí?

–Lo comprendo perfectamente. Me lo recuerdas cada media hora.

Rena torció el gesto.

–No es verdad.

–Lo es –afirmó Tony–. Te esperaré fuera.

Rena entró en el pequeño vestidor de la consulta, donde se quitó la bata y se puso la ropa mientras se preguntaba si había sido demasiado dura con él.

A veces se sentía una arpía, pero solo porque, cada vez que se mostraba cariñosa con Tony, tenía la impresión de que David se alejaba un poco más. Lentamente, el recuerdo de su primer marido se iba perdiendo. Y no le parecía justo ni para él ni para ella. Necesitaba tiempo para llorarlo y para recuperarse.

Además, sus sentimientos eran tan contradictorios que la mayor parte del tiempo no sabía si eran reales. Nunca había estado en una situación como aquella; una situación absurda. Viuda, embarazada y casada en secreto.

Tras la visita al médico, Tony llevó a comer a Rena a su cafetería preferida. Estaba tan contenta con la vida que llevaba dentro que no se pudo negar. El encuentro con el doctor Westerville había servido para que su embarazo le pareciera más real, y se sentía feliz de saber que el bebé se encontraba perfectamente.

Después de comer, pasaron por una tienda de informática y Tony encargó un ordenador nuevo. Rena mostró sus reservas por tener que acostumbrarse a un sistema operativo que desconocía, pero él se comprometió a darle lecciones cuando lo llevaran a Purple Fields y añadió que, si había algo que no le podía explicar, pedirían ayuda a Joe.

Además del ordenador, compraron un fax y teléfonos nuevos para la casa y para el despacho. Rena no podía negar que su flamante marido era muy generoso. David y ella se habían visto obligados a destinar todo su dinero a la bodega, pero Tony se podía permitir bastantes lujos; al fin y al cabo, había ganado muchos millones como piloto.

Cuando salieron a la calle, pasaron por delante de una tienda para bebés. Rena se quedó mirando el escaparate.

–Si quieres que entremos… –dijo Tony.

–No, aún no. Primero tengo que vaciar la habitación y pintarla. He pensado que el bebé se podría quedar en la que está frente a la nuestra.

Tony la sorprendió con un beso.

–Me parece una idea excelente.

Rena le lanzó una mirada llena de cariño. Tony había mantenido su promesa de salvar Purple Fields. Había hablado con sus clientes y había renegociado los precios de Carlino Wines para dejar atrás los tiempos de la competencia desleal. Y por otra parte, había sido enormemente paciente con ella. La había tratado con amabilidad y había sido un buen amigo y un amante maravilloso.

Si conseguía olvidar el pasado, tendrían una oportunidad. Una oportunidad que Rena estaba dispuesta a concederle por el bien del niño y, tal vez, también por ella.

–Te ayudaré con la habitación. Pintar se me da bien… ¿de qué color la quieres?

Rena sonrió.

–Todavía no lo sé. Amarilla o verde claro.

–¿No la quieres azul? ¿O rosa?

Ella suspiró.

–Aún no sé si será niño o niña. Y no quiero esperar hasta saberlo.

Tony la tomó de la mano.

–Ni yo… venga, vamos a comprar la pintura. Hay una tienda un poco más adelante.

Cuando volvieron a casa, Rena estaba de muy buen humor. Habían comprado todo lo necesario para pintar las paredes de la habitación del bebé, desde brochas y rodillos hasta cubos y paños. Y como aún no se habían decidido sobre el color, compraron pintura de los dos colores.

–¿Seguro que me quieres ayudar a pintar?

Rena estaba tan cansada que se sentó en el sofá. Tony se puso a su lado y le pasó un brazo por encima de los hombros.

–¿Todavía tienes dudas? ¿Después de haber interrogado durante media hora al hombre de la tienda sobre los posibles efectos contaminantes de la pintura?

Rena sonrió.

–Estoy deseando empezar…

–En ese caso, anularé mis compromisos y empezaremos mañana –dijo él–. Así habremos terminado el fin de semana.

–Yo no puedo… mañana tengo una reunión con un cliente y, luego, hasta el domingo, varias visitas guiadas. ¿Podríamos dejarlo para el lunes de la semana entrante?

Él la miró a los ojos y dudó.

–Me temo que no será posible, Rena.

El tono de voz de Tony la alarmó.

–¿Por qué?

Él se frotó la mandíbula varias veces, como si estuviera eligiendo las palabras adecuadas.

–Te lo iba a decir mañana… estoy entre la espada y la pared. Tengo unos compromisos que adquirí hace tiempo y mi agente me ha llamado para recordármelo. Me voy el domingo. Estaré fuera siete días o algo más.

–¿Siete días?

–Sí.

–¿Adónde vas?

–Tengo que hacer un anuncio y conceder varias entrevistas. Como ya te he dicho, me había comprometido y no me queda más opción.

Rena asintió con expresión sombría y se levantó del sofá.

–Comprendo… En fin, será mejor que me vaya. Tengo que preparar la reunión con el cliente.

–Te ayudaré.

–No, lo puedo hacer sola.

Tony se acercó a ella, preocupado.

–¿Rena?

–No pasa nada, Tony. Lo comprendo. De verdad.

–Maldita sea… no, no lo comprendes –dijo con frustración–. Lo he retrasado tanto como me ha sido posible, pero ya no puedo. Si no aparezco, me denunciarán. Y eso no nos conviene ni a ti ni a mí.

–No es necesario que me des explicaciones.

Tony la tomó entre sus brazos y entrecerró los ojos.

–Rena, esto no es como lo que pasó doce años. Es una situación completamente distinta. ¿Crees que no voy a volver?

–Sí, claro que es una situación distinta. Ya no soy la estúpida que se enamoró de ti –declaró con frialdad–. Sobreviviré. Tanto si vuelves como si no.

Tony la soltó, irritado.

–Por lo que a mí respecta –continuó ella–, has cumplido la promesa que le hiciste a David. Te has casado conmigo y has salvado Purple Fields. No me voy a engañar pensando que entre tú y yo hay algo más... Lo has hecho bien, Tony. Felicidades.

–¿Ya te has quedado a gusto? –preguntó él, ofendido–. ¿O tienes algo más que decir?

–Tengo algo más que decir.

–Adelante. Te escucho.

Rena estaba muy enfadada con él. Había llegado a convencerse de que su relación tenía futuro, pero ahora creía que las carreras se iban a interponer, una vez más, entre ellos.

–Gracias por destrozar el mejor día que había tenido desde la muerte de David.

Capítulo Diez

Nick y Joe estaban sentados en el patio que daba a los viñedos cuando Tony apareció. Habían encendido un fuego en el hogar de piedra, que daba luz y algo de calor a la fresca noche de primavera.

–¿Quieres una cerveza? –preguntó Nick al verlo.

Tony sacudió la cabeza.

–No, necesito algo más fuerte.

Entró en la mansión, se acercó al bar y se sirvió un whisky. Después, se bebió la mitad de un trago, volvió a salir al patio y se sentó en una de las sillas, donde estiró las piernas y se sumió en sus pensamientos.

Tras unos momentos de silencio, Nick decidió interesarse por él.

–¿Qué pasa, Tony?

Tony echó otro trago de whisky.

–Nada. ¿Es que no puedo pasar un rato con mis hermanos? –respondió a la defensiva.

Joe y Nick rieron al mismo tiempo.

–En serio… ¿qué estás haciendo aquí? –preguntó Joe.

–He tenido que decirle a Rena que me voy el domingo y que estaré fuera una semana. No le ha sentado muy bien.

–Vamos, que se ha enfadado contigo –intervino Nick.

Tony volvió a sacudir la cabeza.

—No, es peor que eso. Se muestra completamente indiferente. Cree que existe la posibilidad de que no vuelva y me ha dejado bien claro que no le importa.

—Solo dice eso por lo que pasó, Tony —razonó Joe—. Intenta protegerse.

—Lo sé, pero íbamos por buen camino y estábamos solventando nuestras diferencias cuando surgió este asunto —se lamentó—. ¿Qué puedo hacer? No puedo dejar a mi agente en la estacada. Ben es un amigo leal y ha estado a mi lado desde el principio. Si me denuncian por incumplimiento de contrato, él también sufrirá las consecuencias.

—¿Ben no sabe que Rena está embarazada?

—Ni lo sabe ni lo necesita saber —Tony se terminó el whisky—. Las cosas iban tan bien… hoy la he acompañado al médico. Pensábamos pintar juntos la habitación del bebé. Iba a ser la primera vez que me dejara ayudarla… Daría cualquier cosa por poder quedarme y no tener que rodar ese anuncio.

Nick soltó un silbido.

—Vaya, no sabía que estuvieras tan enamorado.

Tony no lo pudo negar. Dejó el vaso en la mesa y miró las llamas.

—Creo que siempre he estado enamorado de Rena.

—Hacéis muy buena pareja —declaró Nick.

Joe suspiró.

—Bueno, yo soy la última persona del mundo que puede dar consejos en materia de amor, pero me parece que deberías tener un gesto con ella. No sé, algo que le demuestre lo mucho que significa para ti.

–¿Como incumplir ese contrato?

–No. Como pedirle que te acompañe.

–No aceptará. Odia las carreras. Le recuerdan lo que le hice.

–Entonces, tendrás que reconquistar el terreno perdido cuando regreses.

Tony asintió.

–¿Cuidaréis de ella durante mi ausencia?

–Cómo no –dijo Joe.

–Por supuesto –dijo Nick–. Rena me cae bien. Además, ahora forma parte de la familia y no tengo nada mejor que hacer.

–¿Nada mejor? ¿Insinúas que ya no tienes la costumbre de salir con tres mujeres a la vez? –se burló Joe.

–No, nunca más… –Nick echó un trago de cerveza–. Ahora solo las quiero de una en una. Es más sencillo.

–¿Y no tienes intención de volver a Montecarlo? –preguntó Tony.

–No, me voy a quedar una temporada. Los contratistas tienen la renovación de mi casa bajo control –explicó–. Al menos, papá tuvo el detalle de morirse en un momento oportuno.

Tony lanzó una mirada a Joe. De los tres hermanos, Nick era el que más rencor sentía hacia Santo. Y por muy buenos motivos. Pero el daño estaba hecho y no tenían más opción que seguir con sus vidas.

–Además, os dije que os ayudaría con la empresa mientras pudiera –continuó Nick–. Me iré cuando decidáis cuál de los dos va a ser el presidente.

–¿Por qué crees que seremos Tony o yo? –se interesó Joe.

–Porque yo no querría ese cargo ni borracho. Ya sabéis que este lugar me desagrada.

Tony arqueó las cejas.

–Ahora solo estamos los tres, Nick. Santo ha muerto.

Nick hizo caso omiso del comentario.

–Los dos estáis invitados a visitar mi casa de Montecarlo. No habéis estado nunca.

Tony se levantó de la silla, dispuesto a volver con Rena. La conversación con sus hermanos lo había tranquilizado un poco. Tenía el mismo problema que antes, pero ahora estaba seguro de que encontraría una solución apropiada.

–Me siento mejor sabiendo que cuidaréis de Rena y que os pasaréis de vez en cuando por Purple Fields.

–Somos tus hermanos –dijo Joe.

–Gracias. Os lo agradezco mucho.

–¿Ya te vas? –preguntó Nick.

–Sí, me voy con mi esposa.

Tony necesitaba verla. Necesitaba solventar sus diferencias y hacer que su matrimonio funcionara.

Porque ahora era su esposo.

Y había llegado el momento de que Rena lo asumiera.

Durante las tres noches siguientes, Rena fingió que estaba agotada para acostarse pronto y quedarse dormida antes de que Tony llegara a la habitación. Por la mañana, se sorprendía acurrucada contra él. Sin embargo, él no la presionaba. De hecho, la trataba con paciencia y consideración y se limitaba a darle un beso de buenos días antes de levantarse.

Vivían como una pareja de verdad. Él se afeitaba delante de ella y ella admiraba su cuerpo cuando se metía en la ducha y le preparaba el desayuno. Normalmente, Tony se contentaba con una taza de café que se llevaba al despacho, de donde no salía hasta después de la una; pero en alguna ocasión, salía a los viñedos y se dedicaba a charlar con Raymond o a comprobar el estado de las vides.

Aquella mañana, Rena lo encontró entre las vides de merlot.

–El ordenador acaba de llegar. Y el resto de las cosas que encargaste.

–Excelente –dijo él contra la luz del sol–. Voy dentro de un momento. Con un poco de suerte, lo podré instalar antes de irme.

–Muy bien.

Rena no tenía prisa por volver al despacho. Estaba confundida. Por una parte, no sabía si podía confiar en las intenciones de Tony; por otra, tenía la sensación de que lo había juzgado mal y de que estaba siendo injusta con él.

Había hablado con Solena y le había contado lo sucedido. Rena fue completamente sincera sobre sus sentimientos y opiniones al respecto; pero esta vez, su amiga no le dio la razón. Veía las cosas de otro modo.

–Creo que cometes un error con Tony –le había dicho–. Por lo que me has contado, no tiene más remedio que ir… ¿O es que estás enfadada por otra cosa?

–¿Por otra cosa?

–Sí. Es posible que fuerces un desencuentro con él porque te estás enamorando de nuevo y no quieres.

Rena aún estaba pensando en la conversación con Solena cuando la voz de Tony la devolvió a la realidad.

–¿Querías algo más? –preguntó con una sonrisa.

–No, no, nada más. Dentro de unos minutos tengo una visita guiada. Será mejor que me marche –dijo.

–Y yo. Te acompañaré.

Tony le puso una mano en la espalda y los dos empezaron a caminar.

–¿Tony?

–¿Sí?

Rena se detuvo en el límite de los viñedos y lo miró a los ojos. La luz del sol aumentaba la intensidad de su pelo oscuro y de su piel cetrina. Era un hombre impresionante. Por dentro y por fuera.

–Puede que el otro día me excediera contigo.

Él arqueó una ceja.

–No estoy diciendo que lo hiciera –continuó–. Solo digo que existe la posibilidad de que…

–Cierra la boca.

Tony le puso las manos en la cintura y le dio un beso que la dejó sin aliento. Cuando por fin se apartaron, estaba mareada.

–¿Cuanto tiempo falta para tu visita guiada?

–Diez minutos.

Él gimió y la volvió besar.

–En tal caso, tendremos que esperar a la noche…

A Rena se le hizo un nudo en la garganta. No podía fingir que no sabía lo que había querido decir. No podía protestar. Acostarse con él todas las noches y no tocarlo era una verdadera tortura.

Por muy confundida que estuviera, lo deseaba. Y sabía que su esposo no aceptaría una negativa por respuesta. Lo llevaba escrito en sus ojos y en su forma de besar. Tony Carlino estaba decidido a ofrecerle una noche memorable.

Rena ansiaba tanto el momento de acostarse con él que las patatas del guiso se le quedaron medio crudas y el pan se le quemó en el horno, así que cenaron pan quemado con patatas duras. Ella se disculpó varias veces por el desastre, pero Tony se terminó el plato aunque estaba incomible.

Cuando terminaron, retiraron la mesa y se dedicaron a fregar. De vez en cuando, él le rozaba o le lanzaba una mirada furtiva que aumentaba la tensión de Rena. Ella sabía que lo hacía a propósito, pero funcionaba. Deseaba estar retozando en la cama con él en lugar de dedicarse a lavar platos.

Al cabo de un rato, él se puso detrás de ella, apretándose contra su trasero, y llevó las manos a sus pechos. Rena se estremeció. Tony lograba que se sintiera atractiva incluso con un delantal y las manos metidas en agua enjabonada.

–Ya sé lo que quiero de postre –susurró él.

A Rena se le escapó el vaso que tenía en la mano y el cristal saltó en pedazos.

–Oh, no…

Tony rio.

–Cálmate, Rena. Solo era un vaso. No es como cuando rompiste aquella copa de tus padres…

Rena frunció el ceño.

–¿Qué?

–¿Ya no te acuerdas? Rompiste una copa antigua, que había pertenecido a tu bisabuela, porque te empeñaste en lavarla para dar una sorpresa a tu madre.

–Claro que me acuerdo, Tony… pero, ¿cómo es posible que lo sepas? No se lo había contado a nadie.

Tony parpadeó y la miró con expresión culpable. Había cometido un error.

Rena le dio un codazo y se apartó de él.

–Has leído mi novela, ¿verdad?

Tony dudó un momento y asintió.

–Sí.

–¿Cómo has podido? –preguntó, furiosa–. ¡No puedo creer que me hayas faltado al respeto de ese modo!

–Lo siento, pero tenía que saberlo.

–¿Saber qué? ¿Que me partiste el corazón? ¿Que te necesitaba con toda mi alma cuando mi madre se puso enferma? ¿Que David recogió mis restos cuando ella murió y me devolvió la vida? –Rena empezó a caminar de un lado a otro–. Tenía que escribirlo, Tony. ¿No lo entiendes? Más que una novela, es un diario que contiene mis más profundos pensamientos. Pensamientos que son míos y solo míos. Maldita sea, Tony. No tenías que leerla.

–Pero quizás lo necesitaba. Quizás me haya hecho ver el error que cometí.

Rena sacudió la cabeza.

–No, no, ahórrate el discurso, Tony. Llegué a pensar que nuestro matrimonio podía funcionar, pero ahora creo que me equivoqué. Has abusado de mi confianza demasiadas veces. Quiero que te marches.

Tony sacudió la cabeza.

–No me iré a ningún sitio.

–Ya has hecho lo que tenías que hacer. Has salvado la bodega –afirmó–. Has pagado tu deuda con David.

–Esto no tiene nada que ver con David. Lo sabes tan bien como yo.

–Yo no sé nada. Salvo que te quiero fuera de mi casa –insistió Rena–. Además, te ibas a ir mañana de todas formas… qué importa una noche más o una noche menos.

–Eres mi esposa, maldita sea. No me voy a ir.

–Muy bien, como quieras. Pero déjame en paz.

Rena se dirigió al dormitorio, cerró la puerta y se tumbó en la cama. Tony la llamó varias veces, pero estaba tan enfadada con él que se tapó la cabeza con la almohada para no oír.

Al menos, sabía que a la mañana siguiente se habría ido.

Capítulo Once

Tony no se fue de la casa de Rena. Se quedó en el sofá hasta que estuvo seguro de que su esposa se había quedado dormida y, solo entonces, abrió lentamente la puerta del dormitorio y entró.

Estaba dormida, con una pierna por fuera de las sábanas, brillante a la luz de la luna. Al verla sola en la cama, se le encogió el corazón. Indudablemente, no era la noche feliz que había planeado. Rena había dejado bien claro lo que pensaba de él; lo quería fuera de su casa y lejos de su vida.

Pero, por difícil que fuera la situación, Tony seguía pensando que estaban hechos el uno para el otro. No se iba a alejar de Rena. Se había enfadado con él porque tenía mucho carácter, pero esa era una de las muchas cosas que le gustaba de ella. Nunca había sido una flor delicada. Ni mucho menos.

Salió de la habitación, sacó una botella de vino y se sirvió una copa para tomársela en el salón, a sabiendas de que aquella noche no iba a pegar ojo. Poco antes del alba, se levantó, se estiró y volvió a echar otro vistazo al dormitorio de Rena.

Seguía durmiendo.

Se duchó en el cuarto de baño del pasillo, se puso la misma ropa del día anterior y se preparó un café, que salió a tomar a la terraza. Poco después, Raymond apareció en su coche.

—Buenos días…

—Buenos y bonitos –dijo Raymond.

Tony asintió.

—Tengo que pedirte un favor. Voy a estar fuera unos días… ¿puedes cuidar de Rena?

—Por supuesto. Y cuando no pueda yo, lo dejaré en manos de Solena. Nuestras esposas son uña y carne.

—Lo sé. Los dos sois grandes amigos nuestros.

—¿Me lo pides por algún motivo especial? ¿Es que se encuentra mal?

—No, en absoluto. Es que dudo que conteste a mis llamadas cuando la llame por teléfono… Hemos tenido una pequeña discusión.

Raymond soltó una carcajada.

—No te preocupes. Llámame a mí y te diré cómo se encuentra.

—Gracias, Raymond… En fin, será mejor que me vaya. Tengo que subir a un avión.

Tony subió a su deportivo y se dirigió a la mansión de los Carlino para recoger sus cosas. Esperaba que sus hermanos estuvieran allí, pero solo encontró al ama de llaves y a los jardineros.

Odiaba dejar a Rena en Purple Fields.

Y por si eso fuera poco, tenía una sensación extraña.

Un mal presentimiento.

Horas después, cuando el avión tomó tierra en la localidad de Charlotte, en Carolina del Norte, el mal presentimiento seguía con él.

Rena no se levantó hasta que oyó que el coche de Tony se alejaba. Entonces, se duchó, se recogió el cabello en una coleta y se puso unos vaqueros grandes y una blusa ancha, porque su estómago ya empezaba a tener volumen.

Mientras se vestía, no dejó de pensar que Tony la había traicionado otra vez. La situación era tan complicada que el presente y el pasado se mezclaban en su cabeza y la volvían loca. Creía tener motivos para no confiar en su esposo.

Pero debía admitir que la casa estaba muy solitaria sin él. La vida sin Tony era muy aburrida.

Minutos más tarde, llamaron a la puerta. Cuando abrió y vio que no era Tony sino Raymond, se llevó una decepción.

–Ah, Ray… no sabía que hoy vinieras a trabajar.

–Quería echar un vistazo a las máquinas. Ayer tuve la impresión de que sonaban raras.

–¿Hay algún problema?

–No, no creo. Es que están viejas. Tendríamos que reemplazarlas.

–Bueno, si las cosas van bien, las reemplazaremos lo antes posible. Purple Fields necesita unos cuantos arreglos.

–Y que lo digas.

–¿Quieres pasar? Me acabo de preparar un zumo de naranja y unas tostadas…

–No, gracias, Solena ya me ha preparado un desayuno por todo lo alto –Raymond se dio un golpecito en el estómago.

–No sé cómo consigues comer tanto y estar tan delgado.

–Ni yo… en fin, solo quería saludar. ¿Todo va bien?

–Sí, hoy tengo un día tranquilo. No hay visitas guiadas, de modo que me dedicaré a descansar y a leer.

–Si necesitas algo, ven a casa.

–No, gracias, no necesito nada. Nos veremos mañana.

Rena se despidió de Raymond y terminó de desayunar. Luego, leyó cinco capítulos seguidos de un libro y se levantó con intención de sacar la ropa de la lavadora para colgarla. Al pasar por delante de la habitación del niño, vio las latas de pintura y tuvo una idea.

–¿Por qué no? –se dijo en voz alta–. Tengo todo lo que necesito…

Se puso una de las camisas viejas de David, sacó una escalera de las cavas y la llevó a la habitación. En cuanto entró y vio la luz del sol que bañaba el lugar, tomó una decisión. No la pintaría de amarillo, sino de verde claro.

Alcanzó el antiguo radiocasete de su padre y lo encendió. Después, abrió una de las latas de pintura con un destornillador y empezó a pintar mientras cantaba. Al cabo de un rato, sonó el teléfono y saltó el contestador.

Era su marido.

–Hola, soy yo. Solo quería que supieras que ya he

llegado a Carolina del Norte. Tengo que hablar contigo cuando vuelva. Sé que no me creerás, pero te echo de menos... ¿Rena? Bueno, ya veo que no vas a contestar. Te llamaré mañana. Adiós.

Rena se sentó en el suelo, deprimida, y estuvo allí un buen rato, dándole vueltas y más vueltas a la cabeza. No confiaba en Tony; pero a pesar de ello, se había enamorado de él. Por mucho que le molestara, por mucho que se resistiera, se había enamorado de él.

—¿Por qué tiene que ser todo tan complicado, Tony? ¿Por qué me torturas todo el tiempo?

Suspiró, se levantó y decidió que no iba a permitir que Tony le arruinara el día. Alcanzó el rodillo siguió trabajando hasta terminar de pintar dos paredes. Al cabo de una hora, se detuvo y contempló su obra.

—No está mal.

Se tomó un descanso y se dirigió a la cocina, donde peló una naranja y se dedicó a leer una revista de muebles para niños; pero tardó poco en volver a la habitación y volver a encaramarse en la escalera de mano.

Estaba pintando la tercera de las paredes cuando empezaron a dar las noticias deportivas en la radio. Rena se quedó helada cuando el locutor mencionó a Tony.

—Tony Carlino, el famoso campeón retirado, ha vuelto a la escena. En una entrevista concedida hoy mismo en Charlotte, en Carolina del Norte, Carlino ha admitido ante miles de seguidores que está considerando la posibilidad de volver al circuito y de...

Rena soltó el rodillo, súbitamente mareada.

Intentó agarrarse a la parte superior de la escalera,

pero el mareo se impuso y, un momento después, perdió el equilibrio y cayó al suelo con un golpe seco.

Rena sintió un fuerte dolor en la cabeza.

Y se desmayó.

Tony se quitó el micrófono de la camisa y salió del estudio. Estaba muy enfadado con el locutor, que había retorcido sus declaraciones para inventarse la noticia de que tenía intención de volver a las carreras. Había dado cualquier cosa por volver a Purple Fields. No quería estar allí ni rodar ningún anuncio. Pero Rena ni siquiera le devolvía las llamadas.

Su agente lo siguió al exterior del estudio y se le encaró.

–¿Se puede saber qué te pasa, Tony? Nunca habías estado tan brusco con un periodista.

–¿Es que no le has oído, Ben? Ese tipo ha malinterpretado mis palabras a propósito.

–Bueno, no te preocupes, ya has terminado por hoy –Ben le dio una palmadita en la espalda–. Venga, te invito a cenar.

Tony sacudió la cabeza.

–No, gracias, estoy agotado. Solo quiero volver al hotel y acostarme.

–Está bien, como quieras. Nos veremos mañana por la mañana y rodaremos ese anuncio.

Tony se despidió de Ben y subió a su limusina, que lo llevó al hotel Hyatt. Pero en lugar de dirigirse a su habitación, decidió pasar antes por el bar y tomarse un whisky.

Estaba saboreando su copa cuando una rubia despampanante se sentó junto a él.

–Eres Tony Carlino, ¿verdad? El piloto de carreras…

–El mismo.

–¿Me invitas a una copa?

Tony la miró a los ojos y supo que se le estaba insinuando; tenía la palabra *groupie* marcada a fuego. Y en otra época, habría aceptado sus favores. Pero ahora solo podía pensar en una mujer embarazada que se encontraba a miles de kilómetros de allí.

–Claro, pide lo que quieras; corre de mi cuenta… –Tony terminó su copa y la dejó en la barra–. Yo me voy a casa. Con mi mujer.

Horas después, Tony abrió la puerta de la casa de Rena. Por la diferencia horaria de la costa Oeste y la Este, había llegado a Napa poco antes del anochecer.

–¿Rena?

La casa estaba completamente en silencio. Tony avanzó por el pasillo y enseguida distinguió el sonido de una radio.

–Rena, ¿estás ahí?

Cuando entró en el dormitorio del niño, se quedó asombrado. La radio estaba tirada en el suelo, sobre un pequeño charco de color rojo. Al verlo, pensó que sería pintura; pero cuando se inclinó y lo tocó, comprendió que era otra cosa.

Era sangre. Sangre de Rena.

–Oh, Dios mío…

Justo entonces, le sonó el teléfono.

–¿Tony? Soy Solena. Estoy…

–¿Dónde está Rena? –la interrumpió.

–Acabamos de llegar al hospital de Napa. Yo todavía estoy en la ambulancia. Rena se ha caído de…

–Llego en diez minutos.

–¿Diez minutos? Pero ¿dónde estás?

–Te lo explicaré después.

Tony subió a su deportivo y pisó a fondo el acelerador. Ocho minutos más tarde, entró en el hospital y se dirigió directamente al mostrador. Pero la enfermera se empeñó en interrogarle sobre su relación con Rena.

–¡Maldita sea! –dijo él, pegando un puñetazo al mostrador–. ¡Soy su esposo!

–Lo siento, pero no tengo ningún documento que lo demuestre…

–¡Porque nos acabamos de casar! –protestó–. Ahora es la esposa de Tony Carlino.

–Ah, bueno… discúlpeme, señor Carlino. Está en la planta baja. Es la tercera puerta a la izquierda.

Tony se plantó en la habitación en cuestión de segundos. Rena estaba en la cama, con una venda en la cabeza. Solena, que se encontraba a su lado, sonrió al verlo.

–¿Cómo has llegado tan deprisa? Creía que estabas en Carolina del Norte.

–Ya había regresado cuando llamaste. Y cuando he visto la sangre en el suelo… ¿qué ha pasado?

–Solo sé que se ha caído de la escalera. Pasé por su casa para cenar con ella, y como no abría la puerta, entré… Por lo visto, se dio un golpe en la cabeza y se desmayó.

–¿Cuánto tiempo ha pasado desde entonces?

–Muy poco. Si hubieras llegado quince minutos antes, nos habrías encontrado allí.

–¿Ha recobrado la consciencia?

–Sí, en la ambulancia, pero el doctor le ha dado un sedante para que descanse. Quiere hacerle algunas pruebas, aunque es optimista… Rena solo tiene un buen chichón y un corte sin importancia en la cabeza.

–¿Y el bebé?

–No te preocupes. Parece que no ha sufrido el menor daño.

–Menos mal… –dijo con alivio.

–¿Quieres que me quede?

–No, gracias, tú ya has hecho bastante. Además, necesito hablar con ella. Tengo cosas importantes que decir.

Solena sonrió.

–Lo comprendo, pero… ¿por qué has vuelto? –preguntó, mirándolo con curiosidad–. Pensaba que estarías fuera una semana.

Tony respiró hondo.

–Ese es el asunto del que quiero hablar con Rena –respondió–. Estoy aquí y no me voy a marchar. Nunca más.

Rena estaba en la cama, con los ojos cerrados. Sabía que se había caído de la escalera, que había perdido el conocimiento, que Solena la había encontrado en el suelo de la habitación y que la habían llevado al hospital en una ambulancia. Recordaba perfectamente los acontecimientos de la tarde, pero de una forma extraña, como si su memoria los hubiera grabado a cámara lenta.

De repente, alguien le puso una mano en el hombro.

Rena reconoció el contacto de inmediato. Era el contacto de la persona con quien había soñado, de la única persona con quien quería estar.

–Hola, cariño. Te vas a poner bien.

–¿En serio?

Tony asintió.

–Las radiografías están perfectas y el doctor Westerville afirma que el bebé se encuentra bien. Si quieres, te darán el alta mañana por la mañana.

Ella asintió.

–Qué alivio… Me preocupaba mucho lo del bebé. Si le hubiera pasado algo…

Rena no pudo terminar la frase. La simple idea de perder a su hijo bastaba para llenar su corazón de angustia.

Tony la tomó de la mano.

–No ha pasado nada. Todo irá bien.

Rena se incorporó un poco en la cama.

–¿Qué hora es?

–Las cinco de la madrugada.

–¿Has estado aquí toda la noche?

–Sí, toda.

–Pero, ¿cómo es posible? Si no recuerdo mal, te fuiste a Carolina del Norte.

–Sí, ya lo sé… y no debería haberme ido. En cuanto llegué a Charlotte, me di cuenta de que había cometido un error y supe dónde estaba mi lugar.

–¿Y dónde está?

–Aquí, contigo.

Rena no pudo creer lo que había oído.

–¿Qué insinúas?

–Que te he echado mucho de menos, Rena.

Rena giró la cabeza, incapaz de mirarlo a los ojos. Acababa de recordar el motivo por el que se había caído de la escalera; su sorpresa y su horror al oír las palabras del comentarista deportivo de la emisora.

–¿Rena? ¿Qué ocurre?

Rena miró por la ventana de la habitación y vio los árboles que se mecían en la brisa. Era un día un precioso. Un día para disfrutar. Pero ella tenía una presión intensa en el pecho.

–Me sentí tan mal cuando te fuiste… pensé que la historia se iba a repetir otra vez. Y como no sabía qué hacer, me puse a pintar la habitación –Rena volvió a mirar a Tony–. Pensé que me había quedado sola. Pensé que a partir de ese momento, tendría que arreglármelas sin la ayuda de nadie.

Tony apretó los dientes, pero la dejó hablar.

–La radio estaba encendida cuando subí a la escalera y te mencionaron en las noticias deportivas. El locutor dijo que estabas considerando la posibilidad de volver a las carreras… Me sorprendió tanto que me mareé. Fue como si el mundo hubiera empezado a dar vueltas de repente. Intenté agarrarme, pero no pude y caí.

Tony se inclinó sobre ella y le tomó la cara entre las manos.

–Lo siento mucho, Rena. Siento todo lo que ha pasado. Pero tienes que creerme, por favor… ese locutor no dijo la verdad. Manipuló mis palabras para conseguir la noticia que estaba buscando y yo me enfadé tanto con él que estuvimos a punto de acabar a puñetazos. Le dediqué unos cuantos adjetivos de lo más desagradable.

Rena lo miró con asombro.

–Al volver al hotel, decidí tomar el primer avión que saliera –continuó–. Tenía miedo de que oyeras las noticias y te enfadaras más conmigo… y no sabía si te podría convencer de lo mucho que me importas.

–¿Y qué pasa con tus obligaciones? ¿Qué vas a hacer con el contrato que firmaste?

Él se encogió de hombros.

–Que me denuncien si quieren. Me lo puedo permitir. Además, perder un juicio por un millón de dólares es preferible a perderte a ti –declaró con sinceridad–. Te amo, Rena. Te amo con todo mi corazón.

Tony apartó la sábana y le dio un beso extraordinariamente dulce en el estómago.

–Y también quiero a tu hijo. Os quiero a los dos. Y si es necesario, dedicaré el resto de mi vida a intentar convencerte de lo que siento. Solo te pido que me des otra oportunidad, cariño… solo otra oportunidad.

Los ojos de Rena se llenaron de lágrimas.

–Tony, ¿esto es real? ¿Verdaderamente real? –acertó a decir.

Él asintió.

–Sí, es real. Te amo. Quiero vivir contigo; no porque David lo deseara, sino porque estoy realmente enamorado de ti. Siempre lo he estado.

Tony se inclinó y le dio un beso en los labios.

–Yo también te amo, Tony. Siempre te he amado… a pesar de todo lo que pasó, a pesar de lo que tu padre le hizo a mi familia. Nunca dejé de amarte. Y supongo que David lo sabía… aunque le di todo el amor que pude –declaró Rena, admitiendo la verdad por primera vez–. David era un gran hombre.

–Sí, lo sé. Era el mejor. Y creo que deseaba que acabáramos juntos –dijo–. Así, su hijo, nuestro hijo, tendrá el padre y la madre que necesita.

Rena acarició el cabello oscuro de su esposo y se dijo que amaba a Tony, a aquel hombre cariñoso y fuerte, con todo su ser.

–Podemos tener una buena vida…

–La tendremos. Te lo prometo –declaró él–. Tú y el niño siempre seréis lo más importante para mí.

Ella rio de pura felicidad.

–Te creo, Tony. Jamás pensé que llegaría a decir esto, pero creo sinceramente en la fuerza de nuestro amor.

–¿Y me perdonarás por lo que ocurrió?

Rena respiró hondo.

–Creo que sí. Creo que ya te he perdonado.

–No lo lamentarás, corazón. Te amaré y te protegeré durante el resto de mi vida. Te doy mi palabra.

–En ese caso, estoy preparada.

–Y yo… –empezó a decir Tony, antes de mirarla con desconcierto–. ¿Preparada? ¿Preparada para qué?

–Para comprar los muebles de la habitación del niño. Quiero llenar la casa con todos los objetos infantiles que se puedan imaginar.

Tony rio y la tomó entre sus brazos.

–Ahora ya estoy seguro de que me amas.

–Y haces bien en estarlo, porque te amo de verdad.

En el Deseo titulado
Mentir por amor, de Charlene Sands,
podrás continuar la serie
VALLE DE PASIÓN

Viviendo un cuento

JENNIFER LEWIS

Nada le despertaba más el romanticismo a Annie Sullivan que la búsqueda de una reliquia perdida en la mansión de Sinclair Drummond, su jefe, de quien estaba secretamente enamorada. Mientras registraban el viejo desván, las pasiones contenidas se apoderaron de ambos y acabaron haciendo el amor desenfrenadamente.

Tras dos matrimonios fallidos a sus espaldas, Sinclair estaba decidido a no volver a comprometerse con nadie. Y menos con su ama de llaves. Pero cuando llevó a Annie a un baile de gala, la música y la magia del ambiente le hicieron pensar que todo era posible. Incluso acabar con la maldición que parecía arrastrar en sus relaciones.

¿Se rompería el hechizo?

¡YA EN TU PUNTO DE VENTA!

Acepte 2 de nuestras mejores novelas de amor GRATIS

¡Y reciba un regalo sorpresa!

Oferta especial de tiempo limitado

Rellene el cupón y envíelo a

Harlequin Reader Service®
3010 Walden Ave.
P.O. Box 1867
Buffalo, N.Y. 14240-1867

¡Si! Por favor, envíenme 2 novelas de amor de Harlequin (1 Bianca® y 1 Deseo®) gratis, más el regalo sorpresa. Luego remítanme 4 novelas nuevas todos los meses, las cuales recibiré mucho antes de que aparezcan en librerías, y factúrenme al bajo precio de $3,24 cada una, más $0,25 por envío e impuesto de ventas, si corresponde*. Este es el precio total, y es un ahorro de casi el 20% sobre el precio de portada. !Una oferta excelente! Entiendo que el hecho de aceptar estos libros y el regalo no me obliga en forma alguna a la compra de libros adicionales. Y también que puedo devolver cualquier envío y cancelar en cualquier momento. Aún si decido no comprar ningún otro libro de Harlequin, los 2 libros gratis y el regalo sorpresa son míos para siempre.

416 LBN DU7N

Nombre y apellido	(Por favor, letra de molde)	
Dirección	Apartamento No.	
Ciudad	Estado	Zona postal

Esta oferta se limita a un pedido por hogar y no está disponible para los subscriptores actuales de Deseo® y Bianca®.
*Los términos y precios quedan sujetos a cambios sin aviso previo.
Impuestos de ventas aplican en N.Y.

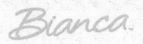

Lo que quería… lo tomaba

Cruelmente rechazada en su noche de bodas, Noelle Ducasse escondió la vergüenza de ser una esposa virgen creándose una nueva vida glamurosa para ocultar su profunda y dolorosa soledad. Hasta que Ammar regresó.

La imagen de los ojos cándidos de Noelle seguía acompañando a Ammar. Ella podía resistirse cuanto quisiera, pero en esa ocasión el despiadado Ammar no aceptaría un rechazo. Utilizaría cada instante de cada noche para demostrarle a su mujer que, por mucho que su mente lo negara, podía derretirse con las exquisitas caricias de su marido.

Un marido desconocido

Kate Hewitt

Más que perfecta

DAY LECLAIRE

Cuando el millonario Lucius Devlin recibió la custodia del hijo de su mejor amigo se dio cuenta de que necesitaba una esposa; a ser posible una que pudiera satisfacer todas sus necesidades… El programa Pretorius le había funcionado bien para encontrar a la asistente ideal, así que decidió probar suerte de nuevo.

Angie Colter no se explicaba que nadie quisiera a Lucius, tan sexy y apuesto, y a su encantador bebé, Mikey. Con un par de cambios en el programa y unos pocos más en su aspecto físico, ella misma sería la esposa perfecta.

¿Pero qué pasaría si él llegaba a averiguar la verdad sobre su prometida perfecta?

Se busca esposa y madre perfecta

[9]